건축,
그 뒤를
돌아보다

건축, 그 뒤를 돌아보다

초판　　1쇄 발행 2011년 09월 07일
개정판 1쇄 인쇄 2012년 05월 02일
개정판 1쇄 발행 2012년 05월 07일

지은이 | 킴스디자인그룹 김민중
펴낸이 | 손형국
펴낸곳 | (주)에세이퍼블리싱
출판등록 | 2004. 12. 1(제2011-77호)
주소 | 서울시 금천구 가산동 371-28 우림라이온스밸리 C동 101호
홈페이지 | www.book.co.kr
전화번호 | (02)2026-5777
팩스 | (02)2026-5747

ISBN 978-89-6023-901-2 03810

집 만드는 사람 김민중의 작은 이야기

건축,
그 뒤를
돌아보다

김민중 지음

ESSAY

　마음은 공간이 되고, 공간은 마음이 됩니다. 함께 춤을 추고, 함께 뒹굴고, 함께 존재합니다. 어디까지가 공간이고 어디까지가 마음인지…. 세상사엔 좋고 나쁨이 동시에 교차되곤 합니다.

　건축에 처음 입문했을 땐 철이 없고 욕심이 많아 세기에 남을 만한 건축물을 남기고 싶다는 바보 같고 거창한 큰 욕심을 가져본 적도 있었습니다. 그러나 시간이 지난 후 지금의 꿈은 아주 작고 소박합니다. 사람이 사는 집다운 집을 짓고 오랫동안 기억될 수 있는 사람을 닮은 집을 지으면서 늘 보고 싶은 사람들 곁에 머물다가, 좀더 늙으면 회사를 믿음으로 정직하게 잘 꾸려내는 자들에게 맡기고 자연인으로 살면서, 그동안 시간 부족하다며 엄살 부리느라 큰 욕심 가질 수 없었던 개인적인 작업을 하면서 지내고 싶다는 생각을 가끔은 합니다. 그러다 운 좋은 날이 또다시 오면 뉴욕의 좁은 골목길에 서 있는 조그만 갤러리에서 개인전을 하고 싶다는 상상도 가끔은 합니다. 그때가 언제인지는 모르지만….

　그래서 도망가고자 틈나는 대로 준비합니다. 그림, 조소 작업과 더불어 앞으로 건축 작업 하고픈 건축물 디자인을…. 제가 하다 다 못 하면 남은 자들의 몫이 되겠지요.

　요즘 곰곰이 생각해보니 앞으로 약 10년간 지금처럼 제가 현장에서 직접 작업을 진두지휘한다고 할 때, 1년에 2~3채, 그러니까 대략 총 20~30채 정도 짓게 되겠지요. 그렇게 생각하니 갑자기 근심이 많아졌습니다. 과연 향후 어떠한 건물을 지어야 되는 것인지…, 두렵기까지 합니다. 지금까지 수많은 건축물을 세우면서도 미처 못 헤아렸던 것들이 순식간에 다가

섭니다. 불과 얼마 전까진 이렇게까지 걱정 안 하고 지내고자 했는데 말입니다.

　자식은 절대로 마음같이 안 되나 봅니다. 아들 둘 중 큰 녀석이 성장기 동안 흔들림 없이 커서, 의대 졸업 후 동네 소아과 의사 노릇을 선하게 하면서 해질 무렵 왕진가방 들고 어려운 이들 만나러 다니겠다고 철석같이 저에게 약속했지요. 저는 그 대가로 의사 되면 병원을 외상으로 지어 주겠다고 약속했고, 훗날 건축비 되돌려 받게 되면 좋은 일에 쓰고, 남는 건 맛있는 커피도 사먹고 좋은 사람들과 여행도 갈 거라고 했었는데…. 피는 속일 수 없었는지, 본인의 주장으로 결국 건축학과 5년제에 입학했습니다. 오랫동안 건축만큼 어려운 학문이 없는 것 같다고 했는데도 말입니다. 부단히 공부하고 많은 걸 보고 느껴야 되겠지요. 그것도 본인의 인생이겠지요. 전 곁에서 지켜볼 수밖엔 도리가 없습니다. 군 입대 전 어떤 공부 하나 뒤에서 살펴보니, 스위스에서 1880년대에 출생하여 20세기 최고의 건축가 중 한 사람으로 인식되고 있는 르 꼬르뷔지에(Le Corbusier)의 1929년 작품 사부아 저택(Savoie villa)에 대한 분석인 것 같습니다. 만들고 있는 모형으로 봐서.

　이제 지금까지 고민했던 날들보다 더 고민하며 작업에 임하겠습니다. 세월 흐른 뒤 부끄러운 모습으로 남지 않기 위해서…. 작업에 임하면서 늘 생각하며 느끼는 것이지만, 제가 작업하는 건축은 언제 완성될지 모르는 진행형입니다. 물리적인 틀은 완성되었다 할지라도 집이 완성되었다는 생각은 않기로 했습니다. 집은 사람과 사람이 만나 지속적인 관계를 맺으면서 차근차근 완성되는 것 같습니다. 사람이 집을 만듭니다. 그 집은 다시 사람을 닮아 가는 듯합니다. 그래서 집은 건축에서 최상의 공간이어야 한다는 생각을 합니다. 집은 집주인의 성정을 그대로 따른다고 믿기에 집이 곱고 정감 있게 늙어갈 수 있는 건축주를 만날 수 있기를 늘 꿈꾸며 희망합니다.

지금 저는 몹시 멍합니다. 그동안 건축현장에서 온종일 있곤 하다 보니 여러 생각으로 가득 차서 그 생각들을 덜어내고 싶어서 회사 홈페이지(www.킴스디자인그룹.kr)의 '작은이야기' 코너에 담아두었던 글들을 많은 지인들의 성화와 꼬드김에 속아 출간을 결심하게 되었습니다. 이 글 모음집을 건축가의 힘든 길을 가고자 하는 소중한 보물들(김동현, 김동휘)과 수의예과에서 찬란한 미래를 꿈꾸는 명물(신근호), 그리고 건축의 한계를 넘고자 노력하는 사랑하는 제자들(한용희, 신명재, 고세훈), 제 곁에서 늘 제 걱정을 하고 계시는 소중한 분들께 바치고 싶습니다. "사람이 꽃보다 아름답다."고 믿고 사시는 빛나는 날들이 누에고치 실처럼 계속 이어지시기를 희망합니다. 더위에 지지 말고 청청(淸淸)하십시오.

2011년 여름날 유안당 건축현장에서
KIM'S DESIGN GROUP 김민중 배상(拜上)

차례

06 심슨 가 이야기 The Simpsons story ⒔⒍

이 땅 위에도 심슨가족이 살고 있었습니다

사람이 집을 만들고, 그 집은 다시 사람을 만듭니다

느리게, 빠르게, 그러나 지나치지 않게

기발한 상상력과 현실감각

RE : 오우~ 아들내미들 (화이부동)

그물에 걸리는 않는 바람처럼

심슨 가(家)는 복 받은 분들입니다

부지에 새 기운을 불어넣는 날

사람 맘 정말 간사함을 재삼 느낍니다

RE : 오우 이런! (화이부동)

RE : 화이부동(和而不同) 님 뉘신지요?

만나야 되는 사람은 결국 만날 수 있나 봅니다

기다리는 건 역시 힘드나 봅니다

늘 전 즐거워합니다, 남 힘든 줄도 모르고

오랜만의 휴식, 충전 완료

오늘은 저녁 먹지 않아도 배고프지 않을 것 같습니다

축복 내릴 그 땅에 별빛이 쏟아져 내리면 좋겠습니다

임시 현관문을 설치하고 봉(封)했습니다

삶에는 쉼표가 반드시 필요하고 이벤트도 가끔은 필요합니다

반갑습니다 (지리산에서 구현서)

RE : 만나야 되는 사람은 다시 만날 수…

주마등처럼 스쳐갑니다, 모든 것이

01 당신 마음이
제 마음입니다

裕安堂(유안당)은 YUAN GALLERY와 늘 함께입니다.

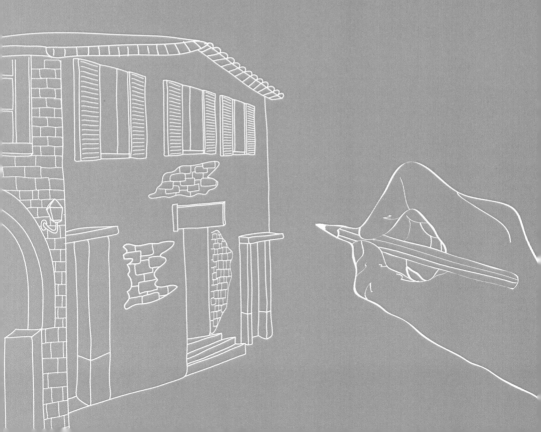

　　2011년 2월 14일, 이젠 며칠 남지 않았습니다. 요즘 전 군 입대를 앞둔 아들의 새벽녘 잠든 모습을 자꾸 봅니다. 2월 20일경에 시작하는 주택& 갤러리 신축 작업에 필요한 설계모형을 6일 동안 밤샘 작업하더니, 며칠 전 새벽시간에 들고 와 군 입대 전 저에게 주는 선물이라면서 주더군요. 대견하고 속 깊은 녀석임을 또다시 느끼며 찡해졌습니다. 그간 휴식을 취하면서 곰곰이 생각해보니, 그 선물은 그동안 제가 녀석에게 이것저것 내준 숙제에 대한 앙갚음의 완결판이었습니다. 준공일이 6월 말 예정이니 본인의 첫 휴가 시 단단히 숙제 검사를 하겠답니다. 오호 통재라. 머리가 띵해옵니다.

봄이 완연합니다. 당신의 마음이 제 마음입니다. 저에게 남겨진 건축현장을 지킬 수 있는 소중한 시간들이 계속되기를 염원합니다. 지금까지 가능했던, 건축 의뢰인과 제가 서로의 마음을 이해하며 소통할 수 있었던 그런 건축의 시간들이 계속되기를….

오랜 동안 고민해온 주거와 작업 공간(Gallery)의 독립성과 소통의 기능을 가진 건축물의 본 착공을 지난 2월 21일에 했습니다. 이번 작업의 당호를 유안당(넉넉할 裕, 편안할 安, 집 堂)으로 정했고, 갤러리는 YuAnGallery로 했습니다. 지금까지 시도했던 대물림 주택과는 다른 의미의, 복합 기능을 가진 건축물이기에 많은 분들이 관심을 가져 심적인 부담도 있지만 걱정은 내려놓기로 했습니다. 본 작업에 참여하는 모든 분들의 성심을 믿기에 말입니다. 서두르지 않고 진행하되 원 설계 도면을 수정 보완하여 최선의 결과물을 얻고자 합니다. 이번 작업의 내용을 보고 모두들 어려운 작업이라고 하지만, 최선을 다한다면 저의 고향인 전주의 명소가 되리라 생각도 해봅니다.

전 요즘 행복합니다. 건축가가 좋은 인연을 평생 함께할 수 있는 건축 의뢰인을 만나는 건 크나큰 행운이라 생각합니다. 유안당의 건축주께서는 본인이 오랜 건축 경험과 경륜을 가진 건축시공 기술사이시며, 안주인은 그림 작업과 대학에서 강의를 병행하는 분이십니다. 건축을 겁나게 잘 알고 계신 분이 본인의 머리를 직접 자르긴 싫으신 모양입니다. 허허. 그러기에 망신당하지 않으려 합니다!

참, 큰 녀석(동현)이 지난 2월 14일 육군 논산 훈련소에 입소했습니다. 저에게 선물이자 숙제인 유안당의 건축모형을 남겨놓고…. 제가 선물해 준 서울대 김난도 교수의 『아프니까 청춘이다』라는 책을 마지막으로 읽고서 말입니다. 많이 보고 싶네요. 늘 믿어 왔기에, 잘 적응하리라고 맘 편하게 생각하기로 했습니다. 환절기 건강 잘 유지하시길 희망합니다.

2011년 3월 19일 응원해 주심에 힘겨움을 잊습니다

가슴 아픈 지난 1주일이었습니다. 고통과 불안 속에 지내는 일본 국민들이 빠른 시일 내에 상처가 아물었으면 합니다. 이 땅 위에 살고 있음이 청복(淸福)임을 느끼는 계기가 되지 않았나 생각합니다.

유안당은 성장을 거듭하고 있습니다. 수많은 작업자들의 흘린 땀으로…. 당초 건축계획 확정 후 실시설계 완료하여 부지 위에 펼쳐 작업을 진행하면서, 고민을 많이 해야 할 건축물임을 자주 느낍니다. 얼마 전에 갤러리 1층 주차공간과 주택 1층 바닥이 연결된 골조공사가 완료되었고, 어제는 주택 1층과 갤러리 2층 공간의 연결 골조공사 콘크리트 타설을 완료했습니다. 이른 아침부터 시작된 타설 작업이 오후쯤에 끝났습니다. 늘 작업을 진행할 때마다 느끼는 거지만, 어젠 더욱더 긴장감 속에서 하루를 보냈습니다. 오늘은 현장 착공 이후 처음으로 망치소리가 멎었습니다. 콘크리트가 잘 양생될 수 있도록 잠을 재워야 하는 시간이기에…. 그간 고된 노동을 한 작업자분들은 모처럼의 휴식을 취하고 있을 겁니다.

이곳에서의 작업은 늘 즐겁습니다. 제가 작업한 대물림 주택에 사시는 친정식구 같은 분들이 자주 찾아오십니다. 제 건강 걱정에 원기 회복제

등을 가지고 오시고 현장 사무실에 놓아둘 예쁜 꽃도 가져다 주십니다. 좋은 집 지으시라고 응원해 주시기에 힘겨움을 잊습니다.

요즘은 집에 들어가면 새로운 즐거움이 있습니다. 지난 2월 14일 군입 대한 큰 녀석이 훈련 중 시간 내서 쓴 편지를 받는 즐거움입니다. 건강하게, 씩씩하게 잘 있다고 합니다. 걱정하지 말랍니다. 훈련 중이라 아직은 PX(군매점)는 가지 못하지만 토. 일요일 아침엔 군에서 제공한 군데리아(햄버거)도 먹는답니다. 훈련은 3월 24일에 마치고 다음날 자대 배치 받는다 하니, 조금 지나면 첫 면회를 갈 수 있을 것 같네요. 많이 보고 싶네요.

내일은 봄을 재촉하는 비가 내린다네요. 하지만 황사 비라서 눈으로 즐기시되 맞진 않으셨으면 합니다.

감이 바빠도
바늘귀에 실을 매어 쓸 수 없듯
우린 잘 압니다.

섬세한 시공 중요합니다
하지만 더 중요한 건 여러분의 안전입니다
━ 킴스디자인그룹 ━

　　유안당의 골조공사 중간고사 성적은 A+입니다. 건축에 입문한 이후 지금까지 단 한 번도 동일한 건축물을 지어 본 적이 없습니다. 가끔은 건축 의뢰인께서 이미 완성된 건물과 동일하게 신축해 주기를 원하기도 하지만, 단호하게 거절하곤 했지요. 하지만 그분들이 완강히 고집부리시면 건축 작업할 의사가 없다고 말하곤 달아나 숨어 버립니다. 물론 동일한 건축물을 다시 한 번 짓게 되면 조금은 편하겠지요. 하지만 건축물은 단순한 기계장치가 아니라 사람이 살아야 할 공간이기에 그리 쉽지 않기 때문입니다. 그리고 이미 그 공간에서 아름다운 삶을 살고 계시는 분들에 대한 도리가 아니기에 늘 거절하며, 처음이자 마지막인 새로운 작업을 합니다.

　　유안당의 건축도 처음이자 마지막으로 시도되는 난이도 높은 작업이라서 작업 시작 후 지금까지 늘 긴장하고 고민하면서 작업에 임하고 있습니다. 전 공정에 참여하는 모든 분들이 전주 대물림 주택 1호에서 6호까지 함께 동거동락하는 까닭에 가능한 것 같습니다.

　　이제 골조공사는 8부 능선을 걷고 있습니다. 작업에 참여하는 모든 분들이 지치지 않도록…. 김 마담과 두 제자(한용희, 신명재)는 재롱도 피우고 개인 신상 상담원 역할과 요리사 노릇도 하고, 돌팔이 물리치료사 흉내와 청소도 열심히 하고 지냅니다. 그러기에 늘 하루가 참 짧습니다.

금년 봄은 유난히 천천히 다가오는 것 같습니다. 아직은 이른 아침의 기온이 차갑게 느껴집니다. 하지만 유안당의 아침은 어제의 피로를 잊은 듯 매일 활기찹니다. 골조공사의 최종 작업을 진행 중이거든요. 지금 진행되는 공정으로 보아 다음 주 월요일(4월 4일)엔 골조공사의 최종 콘크리트 타설을 하게 될 것 같습니다. 당초 계획은 4월 중순경에 완료되리라 예상했었는데, 어려운 작업인데도 모든 작업자들의 최선의 노력을 기울여 공사기간을 단축시킬 수 있었습니다. 또 저를 어여삐 보시는 많은 분들의 위로 방문과 건강 걱정에 힘입어 단 하루도 현장에서 자리를 비우지 않게 된 이 모든 것들에 대하여 한없는 고마움을 느낍니다.

전 요즘 다른 일로 조금 더 바쁩니다. 사고를 쳤거든요, ㅎㅎ. 취묵헌의 가족 분 중에 말로 표현할 수 없는 대단한 능력을 지닌 어르신이 계십니다. 그분은 취묵헌의 장인 되시는 이영두 옹(당년 83세 청년)이신데, 그야말로 팔방미인이십니다. 취묵헌 건축의 인연으로 뵙게 된 후 그분의 대단한 재주를 저 혼자 느끼기엔 너무 아까워서 그림(민화) 개인전(小庵[소암] 이영두 개인전 - 부제(春夢-까치호랑이)을 기획한 후, 본인과 가족분들을 설득하여 금년 5월 13일~19일에 전북예술회관에서 개인전을 개최하기로 확정하여 추진하고 있습니다. 모든 걸 제 마음대로 결정한 후 일방적으로 통보하여 준비 기한 내 그림을 작업 완료하시도록 독려하고 프로필 넘겨받아서 전시 홍보용 팜플렛 디자인을 하고 있습니다.

모든 게 잘될 것 같습니다. 주변 분들은 제가 또 대형사고를 쳤다 하십니다. ㅎㅎ. 본인께서는 120세까지 장수하시겠답니다. 여러분도 건강관리 잘하셔서 오래 사시면서 좋은 일 많이 하시기를 희망합니다.

일 시 : 2011년 5월 13일~5월 19일
장 소 : 전북예술회관 2층 5관
후 원 : 킹스디자인그룹

─ 유안당 신축작업에 임하며 (제자 신명재)

　교수님의 배려로 좋은 경험과 공부를 시작한 지 어느덧 40여 일이 흘렀습니다. 그동안 제가 가지고 있던 지식과 기술들이 얼마나 작고 얕은지 과거의 저 자신이 부끄럽다는 느낌이 듭니다. 언젠가 사람이 가장 중요하다고 말씀해 주셨을 때 머리로는 이해가 됐지만, 지금에 와서 그때의 이해라는 것이 교수님을 뵐 때마다 얼굴이 뜨거워질 정도로 한심한 생각이었음을 깨닫습니다. 그 말 속의 의미를 시공자, 건축주 등 사람들의 관계뿐만 아니라, 건축할 때의 마음가짐, 사람이 살기 좋은 집, 사람이 살면서 행복한 집, 사람을 중요시해 거만하지 않으며 상대를 존중하고 배려할 줄 아는 사람들이 사는 집, 사람들에게 여유와 행복을 줄 수 있는 생각 자체라 느끼고 있습니다. 앞으로 더 많은 경험과 공부를 하다 보면 지금의 이해 역시 부끄러워질 것이라 생각하지만, 그때는 그만큼 성장했기에 부끄러움을 느낄 것이라 생각하니 오히려 앞으로 다가올 미래가 기다려집니다.

건축의 시공방법과 디자인을 보고 배우느라 행복한 나날을 보내고 있습니다. 사람과 사람들의 얽힘이 시험과 모험의 쾌락이고요. 점점 완성되어 가는 유안당을 보자면 창조의 기쁨이 느껴집니다. 이곳의 현장에 참여할 수 있었던 것이 저에게는 하나의 큰 기회이고 행운입니다. 이제 내일이면 마지막 콘크리트 타설 작업이 이루어집니다. 걱정과 기대가 교차하는 이 순간이 너무 행복합니다. 앞으로의 무수한 공정과 그에 따라 여러 사람들을 만날 생각을 하며 상상과 기대감에 행복합니다. 어떠한 사람이라도 좋은 사람이고 좋은 사람이 될 수 있기에, 좋은 마음가짐으로 경험과 공부의 날들을 보낼 수 있을 거라 생각되는 이 순간이 행복합니다.

2011년 4월 18일 ➞ *세상사엔 좋은 일과 나쁨이 교차합니다.*
이것이 인생입니다

봄비가 내리는 월요일 아침입니다. 지난주엔 유안당 신축현장이 많은 작업자들로 분주했습니다. 골조공사가 완료되어 외벽에 치장벽돌(적벽돌)을 설치하는 관계로 말입니다. 늘 저의 작업에 참여하시는 분들이기에 맘 푹 놓고 있습니다.

실은 제가 지난 월요일 발병을 했습니다. 지난해 8월부터 시작된 예지헌, 모악재, 유안당 건축현장을 단 하루도 비우지 않았던 것이 화근이 되었는지…. 안면마비 증세가 생겨 한방병원과 모악재 화주께서 진료하시는 병원을 오가며 집중치료를 받고 있는 중입니다. 모두들 걱정하고 위로해 주시기에 잘 회복될 것입니다. 걱정들 안 하셨으면 합니다. 저 철인 28호 란 별명도 있다는 것 아시죠!

얼마 전 병인양요(1866년) 때 프랑스 극동함대 로즈 제독에 의해 약탈되었던 외규장각의궤가 145년 만에 환수되었습니다. 물론 영구반환이 아닌 대여라는 이상한 방법이었지만, 그래도 기쁜 일이었습니다. 저에게도 문화재 환수처럼 기쁜 일이 지난 토요일에 있었습니다. 얼마 전 군입대한 큰 녀석(동현)이 논산 훈련소 생활을 마치고 예상 밖의 주특기(전차 or 탱크 병)를 부여받아 후반기 교육 중인데, 예상치 못했던 특별 외박 허가를 받아 나왔더군요. 본인이 날 새워 만든 유안당 건축모형에 준해서 실행되고 있는 유안당 현장에 잠시 왔습니다. 그간 많이 그리워했는데…. 누가 복 있어서 그리 됐는지 모르겠습니다. 24시간의 만남을 끝으로 어제 오후 다시 찾아온 현장을 출발하여 국방부에 일시 반환했습니다. 늘 소중한 보물이라고 했었는데…. 시간이 지난 후 제대하는 날 국방부로부터 영구 환수하려 합니다.

이 봄비 그치고 나면 온 세상이 더욱 더 초록으로 물들겠지요! 모두들 소중한 몸 잘 관리하세요. 님을 아끼는 분들 생각하셔서….

→ 어머님, 그립습니다

어느덧 신록의 5월입니다. 발병 후 치료 4주차이기도 하고요. 우석대 한방병원 김 교수님과 모악재 조 원장님, 그리고 홍 선생님께서 정성과 성심으로 치료해 주시기에 맘 놓고 유안당 건축현장을 무리 없이 진행하고 있습니다. 제가 참 복 많은 사람인가 봅니다. 모두들 걱정되어 찾아와 건강쾌유를 빈다 하십니다. 걱정 끼쳐드려 죄송하기도 해서, 잘 치료받고 있으니 걱정하지 마시라고 말하곤 합니다. 휴식이 절대적으로 필요하다고들 하실 때마다, 이렇게 현장을 지키는 게 평상심을 유지하는 일이라 더 치료가 잘될 것 같다고 하자 모두들 웃으십니다.

유안당은 김 마담이 고장 난 걸 아는지 모르는지 매일 매일 성장을 거듭하고 있습니다. 두툼한 겉옷을 입었고, 초승달 눈썹도 그렸고, 창문틀도 넣었고, 내부 타일도 붙이는 중이고…. 다음 주엔 본격적인 내장작업도 예정되었고… 참 많이 진행된 것 같습니다. 유안당 안주인께서는 화가가 아니라 전직 요리사였었나 봅니다!

요즘 저는 제자들과 작업자들의 눈치를 많이 봅니다. 무리하다 들키면 혼나니까요. 저 요즘 책 적게 보고 일찍 잠자리에 들려 노력하고 있습니다. 키도 크려고요…. 오늘 저녁엔 어머님께 편지를 써야겠네요, 늘 보고 싶다고, 오늘 어린이날인데 선물은 언제 주실 거냐고…

유안당 화주 유안순 작가 작품

▲ 십장생도

▶ 서가도

▲ 한지부조 - 바람골 언덕 너머 서 있는 소나무의 꿈은?

머리가 멍합니다. 만감이 교차합니다. 부족한 사람 곁에서 걱정해 주고 도와 주신 모든 분들과 모든 것에 감사드립니다. 유안당의 신축공사 착공일로부터 140여 일간 쉼 없이 진행되던 현장은 새 떠난 절간처럼 조용합니다. 지난 7월 4일 유안당은 화주(花主)께서 입주하셨고, 그간 주인 행세를 하던 저는 모든 권리를 반납하고 외부에서 조경공사를 마감하고 있습니다.

유안당의 건축에 대한 첫 출발점은 제가 건축 분야에서 가장 관심 있는 작업 영역이었습니다. 작업을 거듭할수록 고민을 많이 하고 있는 주거공간과 작업실&갤러리의 공간들. 각자 독립된 기능을 유지하면서 조화롭게 소통할 수 있는 공간들을 대지 위에 세우는 작업입니다. 공간은 홀로 존재할 수 없고, 관계가 이어지지 못하면 흐름이 단절되어 버립니다. 한계를 만들지 않아야 건축물의 영역이 이룰 수 있다고 생각하면서 지난 작업의 시간들을 보낸 것 같습니다. 유안당 건축에 대한 평가는 필요한 만큼의 시간들이 지난 후 제 귀에 들려오겠지요. 이제, 이 순간 유안당에 제가 할 수 있는 만큼만 채워 놓고 떠나고자 합니다. 며칠 뒤 유안당 건축의 종착역에 도착하면 아직 회복되지 않은 건강을 추스르면서 마음도 정돈하고 여유를 다시 되찾기 위해 충전의 시간들을 갖고자 합니다. 그 시간들이 지난 후 다시 시작하는 학선재(學善齋)의 부지 위에 더욱 씩씩하게 충전된 철인 28호 & 김 마담은 늘 그렇듯이 그 자리에 서 있을 겁니다.

이번 주 토요일 그간 많이 보고 싶어 했던 큰 녀석(동현)에게 자대배치 후 첫 면회를 갈 예정입니다. 본인이 군입대 전 6일 동안 밤낮없이 작업하여 제게 선물해 준 유안당 건축모형과 대지 위에 펼쳐진 유안당의 모습을 보여주고 평가를 받고 오려 합니다. 실은 그간 건강 악화로 입원했다는 사실을 걱정할까봐 숨겨 왔다가 퇴원 후 자수했었거든요.

그간의 유안당 건축 과정에서 건강관리 잘하지 못해 많은 분들께 걱정 끼쳐드려 죄송하고 고맙습니다. 근일 내 몸과 마음이 회복되면 찾아뵙도록 하겠습니다. ^^*

▲ 공존[새와 나무] 200107

▲ 유안당 화주 김오식

▲ 최고의 마음의 선물 200509

▲ 별을 보다… 200611

▲ 모악의 가을 201011

▲ 춤추는 꽃 201104

▲ 공존(共存) VII 201105 너를 버리면 무엇을 버리지 않을 수 있을까, 난?

▲ 그댄 여름비 내리는 숲길을 홀로 걸어본 적 있나요?
201106

▲ 별빛 쏟아지는 오후… 201106

우린 늘 잊고 삽니다.
햇빛에 가려져 별을 볼 수 없음을….
우린 늘 숨기고 삽니다.
진실로 사랑하는 이에게 미처 하지 못했던
말이 있었던 것처럼….
이젠 눈 감고 맘으로 보세요.
말하세요, 더 늦기 전에.

'배려 한다는 것은'

앞을 볼 수 없는 맹인 한 사람이 물동이를 머리에 이고 손에는 등불을 들고 우물가에서 돌아오고 있었다. 그때 그와 마주친 마을 사람이 그에게 말했다.
"정말 어리석은 사람이군! 자신은 앞을 보지도 못하면서 등은 왜 들고 다니지?"
맹인이 대답했다.
"당신이 나와 부딪히지 않게 하려고 그럽니다. 이 등불은 나를 위하는 것이 아니라 당신을 위하는 것이지요."

- 바바하리다스의 『산다는 것과 죽는다는 것』 중에서-

　오늘(7월 9일)은 참으로 오랜만에 가족과 함께하는 소중한 시간들입니다. 아직 아버님께서 완전히 회복하신 건 아니지만, 지난 4월 후반기 교육 중 특별외박 시에 뵀을 때보다는 건강이 좋아지신 것 같아 다행스럽습니다. 그간 군 생활 중 가끔 아버님께 안부전화를 드릴 때면, 늘 "보고 싶다, 보고 싶다."고 하시며, 군 입대(2월 14일) 시점에 착공한 유안당이 마무리되어 간다며, 너에게 보여 주고 싶다고 말씀 하셨는데….

　오늘 외박 나온 숙소에서 유안당의 그간의 작업 상황을 홈페이지를 통해 볼 수 있어서 좋았습니다. 과로로 건강이 악화되어 결국 입원까지 하셨는데도 제가 걱정할까봐 숨겼다는 걸 퇴원하신 후 알게 되었습니다. 마음이 아픕니다. 힘들고 바쁘게 지내온 그간 노력이 유안당의 사진을 보니 말씀 안 하셔도 느껴졌습니다. 철없을 때 아버님의 관심과 사랑이 유별스럽다고 생각했던 시절이 있었습니다. 군에 입대한 지 5개월이 된 지금, 편치 않은 몸을 이끌고 이곳까지 올라오신 아버님, 이제는 아버님의 사랑이 유별이 아닌 특별하고 감사하다고 생각합니다.

　아버님께서는 제게 유안당을 평가하라고 하시는데, 건축의 큰 숲을 이룬 분을 감히 이제 한 걸음씩 겨우 걷고 있는 어린 묘목이 감히 평가한다는 건 아직 이르다고 생각합니다. 세월이 흐른 뒤 건축가로서 충분한 실력을 쌓은 후 평가하도록 하겠습니다. 2학년을 마치고 군입대 전 보잘 것 없는 실력으로 제가 만든 모형이 부끄럽게 느껴졌습니다. 그 대지 위에 당당하게 서 있는 유안당에서 느껴지는 공간감, 주거공간과 작업실&갤러리 공간들이 서로 연결되고 조화로운 모습에 다시금 제 마음속에 주문을 겁니다. 저도 훗날 아버님 같은 건축가가 되고 싶다고…. 솔직히 지금은 비록 자신 없지만 늘 제 뒤의 버팀목이자 큰 숲이신 아버님이 계시고 제가 수많은 노력을 할 생각이기에 걱정은 없습니다.

앞으로 얼마간의 심신 재충전 후 9월 초에 다시 시작하시는 학선재가 기대 반 걱정 반입니다. 물론 새로이 신축되는 학선재가 무척 기대되지만, 이번에도 작업에만 매진하실 아버님의 건강이 걱정됩니다. 늘 새벽부터 밤늦게까지 현장을 지키고 계시는 분이기에 이제는 몸 살피면서 작업하시기를 원합니다.

홈페이지 '작은이야기' 를 방문하시는 모든 분들! 군에 있는 아들이 걱정한다고 한 마디씩 전해 주시길 바랍니다. 더운 여름 모두 건강히 보내시고 화목한 가정 되시기를 빕니다. 오랜만에 가족과 함께 자는 이 밤, 행복감으로 충만합니다.

아주… 가끔은…
가끔은… 아주 가끔은 …
어린 날의 내가 보고 싶어서 눈물이 나기도 하네여…
님들은 그러한 날이 없나여?
나만… 그런가?!

어린 시절 (기욤 뮈소)
얼마 전에 읽은 기욤뮈소 라는 작가의 "당신, 거기 있어 줄래요?"란 소설에 보면
과거로 돌아가는 신비한 알약이 있더군요.
혹시 제가 구하게 되면 한 알 보내드릴께요. 글 잘 읽고 갑니다.

2011년 7월 11일 ─ *새로움에 대한 동경* (제자 한용희)

사람은 익숙한 것에 안정감을 느끼고 편안함을 느끼는 것 같습니다. 그에 반해 새로운 것에 대해서는 긴장감과 불안을 느낍니다. 하지만 새로움

에는 기대감이라는 것과 변화에 대한 즐거움이 있기도 하지요.

이번 유안당 건축물에 대한 처음의 마음은 새로움에 대한 기대감이 가장 컸습니다. 교수님께서는 수년 전부터 동시 작업을 안 하시기에 유안당을 비롯하여 여러 건축 의뢰를 놓고 어느 건축물이 더 가치 있고 소중한 작업을 이루게 될지 고심하실 때 저는 마음속으로 갈망하고 있었습니다, 제발 유안당 건축물을 작업할 수 있게 되기를. 지금까지의 대물림 주택과는 다른, 주거 공간과 작업 공간 간의 소통과 각각의 독립성을 가지고 있어야 하며, 완만하지 않은 대지 위에 레벨의 차를 극복하고 어떠한 구조물로 탄생될까 하는 궁금증이 컸기 때문입니다.

다른 모든 일들이 그러하겠지만 건축물은 특히 사람과 사람 간의 밀접한 상관관계가 있다고 생각됩니다. 조금이라도 인과관계를 소홀히 하면 그 결과가 나쁘게 드러나고, 그와 반대로 소중히 다루면 그만큼 빛이 나는 것이 건축인 것 같습니다. 이번 프로젝트에는 교수님 프로젝트의 선배이자 든든한 고세훈 형, 저에겐 친형 같은 대학교 선배인 신명재 형도 참여하여 더욱더 뜻 깊었습니다. 막연한 동경으로 건축에 관심을 갖고 뜻을 함께했지만, 교수님의 배려로 인해 좋은 경험과 공부를 할 수 있었습니다. 언젠가는 홀로 설 들판에서도 외롭지 않을 동반자를 만들어 주신 데 대해서도 교수님의 깊은 뜻을 알 수 있을 것 같습니다.

다른 무언가에 의해 자연스레 만들어지지 않고, 오직 사람과 사람의 교감으로 인해 이루어지는 건축물이야말로 가장 원초적이며 순수한 것이라고 생각합니다. 물론 그것에 따른 피나는 노력과 더 멀리 내다볼 줄 아는 식견 또한 앞으로 갖추어야 할 덕목이라고 생각이 됩니다. 140여 일간의 대장정을 마치니 만감이 교차합니다. 새로움에 대한 동경으로 유안당에 집착했고 그 어느 때보다 정신없고 힘들었지만, 그에 따른 대가는 충분하다고 여기기에 감히 저는 만족합니다. 무수한 공정 속에 시험과 모험이 깃들었고 배움이 늘어난 것 같습니다. 물론 앞으로도 언제나 새로운 프로젝

트들과 함께하겠지만, 지금의 마음가짐을 잊지 않고 노력, 고심한다면 그 또한 기대감이 주는 즐거움일 것이라고 생각합니다.

2011년 7월 22일 → 모든 분들 사랑하고 고맙습니다

장마는 지나가고 연일 불볕더위입니다. 아직도 유안당 곁에는 모악재와 유안당 건축 시 활용했던 현장 사무소가 있습니다. 불볕더위 속의 컨테이너 내부 공간은 한증막입니다. 며칠 전 유안당 안주인께서 그 사정을 아시고 1층 주차공간을 학선재(學善齋) 건축시점까지 사용하라고 여러 번 권유하셔서, 고마움으로 받아들이고 임시로 이전했습니다. 시간이 없어서 아직 팥죽은 못 끓였습니다. ㅎㅎ.

요즘 저는 유안당의 모든 부분들이 제자리를 잡고서 안정되어 가는 모습을 곁에서 바라만 보고 있습니다. 말씀은 하지 않아도 지금까지 살아오신 공간과는 거주 공간의 규모나 동선, 주변 환경이 다르고 낯설기에 적응하느라 힘드시리라고 생각됩니다. 하지만 지금의 시간들이 지나고 나면 새로운 공간에 익숙해지시겠지요.

그제와 어제는 저를 밀어내고 자기들끼리만 진행하고 있는 전북 진안 안천 현장과 공주 현장에 다녀왔습니다. 모두들 성심으로 작업하는 모습에 고맙고 미안해서 맘이 찡해 오더군요.

주변 분들이 유안당 내부공간이 무척 궁금하다고 자꾸 말씀들을 하십니다. 그렇다고 유안당의 새로운 주인께 모든 권리를 반납한 사람이 마음대로 보여드릴 수 없고 해서 참 난감했습니다. 해서 말씀을 드리니 홈피 작은이야기에 공개해도 괜찮다고 흔쾌히 승낙해 주셨기에 필요한 만큼만 공개하기로 했습니다.

조금 전 모악재 안주인께서 문자 메시지를 보내셨네요. 요즘 제가 여러

가지 일들과 새로운 건축계획 구상으로 몹시 지쳐 있는 걸 아셨는지…. 운영하시는 병원으로 곧장 조심조심 달려오라고 하십니다. 저 참 복 많은 사람입니다. 제 말 맞죠?

며칠 지나면 늘 보고 싶은 큰 녀석이 입대 후 첫 휴가(8월 1-5일) 나온다고 합니다. 이미 제 맘이 그 보물에게 가 있습니다!

`2011년 7월 26일` ━● **완성된 유안당을 바라보며** (유안당 안주인)

오랫동안 그리고 상상하며 꿈꾸던 집을 지을 수 있도록 전폭적인 지지를 해준 남편께 감사. ^^* 기대 이상의 아름답고 큰 규모의 집이 한 부분 한 부분 완성되어져 가는 것을 보면서, 웅장함만큼이나 많은 부담감이 교차되어 왔습니다. "내 가족과 같은 고마운 저분들에게 난 무엇을 보답해 드려야 할까?" 하는 큰 과제가 생겼기 때문입니다. 겨울 끝자락 얼어 있는 땅이 파지지 않아 추위에 고생하며 시작한 삽질! 동쪽 산에 보이는 개나리 철쭉 바라보며 혹한의 꽃샘추위를 이겨내고 작업하기 좋은 계절인가 했는데, 땀 비 오듯 하게 하는 뜨거운 햇빛을 가려 주는 장마까지의 시간들을 함께했습니다.

작업이 시작된 후 새벽 6시 30분부터 하루 12시간 이상 하루도 쉼 없이 현장에서 사장님의 수족과 같은 조 부장님, 세훈, 명재, 용희 훈남 들! 한결같이 본인들 집을 짓는 것처럼 진지하고 성실해서 건축주인 제가 숙연해지는 긴 시간들이었습니다. 수많은 공정의 작업자들이 오가며 우여곡절도 많았지만, 긴 연륜으로 내 형제 대하듯 모든 일을 지혜롭게 협력하여 선을 이루는 사장님의 일사천리 지휘 능력에 감탄! 어떠한 상황이든 신뢰할 수 있는 참 따뜻한 분을 만나게 된 것을 하나님께 늘 감사하며 현장을 오가게 되었습니다. 남편과 아들 딸 가족 구성원들의 마음까지도 읽어 주고, 내 집을 찾는 분들까지도 배려하는 사장님의 깊은 뜻 또한 순간순간 감동이었습니다. 너무 신경을 많이 써서 안면마비에 혈압까지, 몸을 가누기 힘들어 입원한 상황에서도 온통 건축물 공정과 작업자들을 먼저 생각하는 바보 같은 착함에 때론 화가 날 지경이었습니다.

4개월여 동안 함께한 킴스디자인그룹 식구들에게 할 말 있어요.

김민중 사장님! 마음으로 지은 집 잘 가꾸며 잘살게요! 건강관리 잘하셔서 고마운 맘 오래오래 받아 주세요. 그런데 사장님 팔불출인 거 아세요? 맨날 현장식구들 자랑만 하시잖아요!

조부장님! 한 치의 오차도 없이 손질해 주신 목가구들, 예술입니다. ^^♪

세훈 삼촌! 핸섬한 모습만큼이나 좋은 솜씨! 애인 만드는 데 신경 써서서 결혼식장에 초대해 주세요.

명재 삼촌! 4개월 동안 15kg 뺐다더니, 집 아름답게 빼느라 본인 몸매 돌볼 여유가 없었나요? 공주 상가 현장 소장 되신 것 축하해요! 저절로 감량되겠죠?

모델 같은 용희 삼촌! '일을 하면서 한 번도 기대에 어긋난 적이 없는 제자'라는 사장님의 소소한 칭찬. 현장 시작하면서 들었는데 4개월 지켜보면서 절로 고개가 끄덕여졌어요. 내 딸이 많이 어려서 사위삼지 못함에 아쉬움 금할 길이 없네요.

이름은 알 수 없지만 현장에서 함께한 모든 분들과 기도로 협력해 주신 분들께 머리 숙여 감사드립니다. 완성된 유안당을 바라보며 행복한 과제가 한 가지 더 생겼네요. 유안당을 찾아오실 분들께 제가 받은 축복을 어떻게 나눠야 하는지 여쭤 봐야겠습니다.

02 모악재(母岳齋), 지금 여기에…

모악재엔 멀리 보이는 모악산, 정겨운 가족과 함께 굳건한 돌거북이 있습니다.

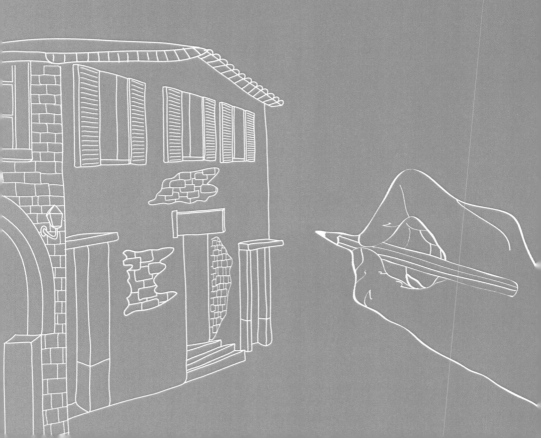

지난 11월 1일 시작된 모악재 신축은 쉼 없이 모든 분의 도움으로 일사불란하게 진행되고 있습니다. 현장의 늙은 김 마담과 젊은 우렁각시는 늘 그랬던 것처럼 졸병 신세입니다. 하지만 응원해 주는 많은 분들이 있어 힘들지 않습니다. 어제는 해남 땅끝마을 슈바이처 님이 찾아왔고, 오늘은 얼마 전 조경석을 잘 쌓아 준 젊은 '싸장님'이 다녀가셨습니다. 한 손에 계란 3판을 들고서…. 해서 누구 잡으려고 하냐고 했지요. 이미 10판(300개)도 넘게 프라이를 해서, 이젠 눈 감고도 하는데…. 이러다 직업을 바꿔도 될 것 같습니다.

이번 주 주말경에 모악재는 1층 골조 콘크리트 타설 작업이 이루어질 것 같습니다. 건축에서 건축주와 건축가의 소통은 무척 중요합니다. 오늘 휴대폰이 무거워 확인해 보니, 그간 주사(모악재 화주) 님과 제가 나눈 문자 메시지가 가득 들어 있었기 때문인 모양입니다. 에고, 힘없는데 무거워, ㅎㅎ.

망치 11/3		감사합니다. 이제 현장을 벗어나고자 합니다. 오늘 1차 기초 작업 많은 분의 도움으로 잘 마쳤습니다.
주사 11/4		점심 맛있게 드시고요. 혹시 다섯째 아이가 말을 듣지 않으면 언제든지 연락 주세요. 가서 혼내 줄게요. ㅋㅋ
주사 11/4		그럼 다섯째 아이의 칭찬이 필요하시면 연락 주세요. 즉시 상을 들고 달려갑니다. ㅋㅋ. 남은 오후 시간도 잘 보내세요.
망치 11/4		잘 알겠습니다. 하지만 절대로 그런 불상사는 없을 겁니다. ㅎㅎ. 봄날 같은 햇살 아래서 깊어가는 가을을 느끼며 작업하니 즐겁습니다.
망치 11/5		어제 2차 최종 기초공사 완료했습니다. 며칠간 충분히 양생시켜 작업하도록 하겠습니다. 월요일에 현장사무실 개설 예정입니다. 맛있는 점심 드세요.
주사 11/5		기초 탄탄! 횟팅!

주사 11/5 바라만 봐도 행복한 집을 주세요, 꼬옥!

망치 11/5 늘 좋은 생각과 좋은 꿈 꿀 수 있는 집으로 만들겠습니다.
내일 퇴근길에 예지헌 현장에서 뵐 수 있는지요?
내일 오전 중으로 조감도 나온다고 하는데요.

주사 11/5 네네! 당근 찾아뵙지요. 생각만 해도 행복합니다.

주사 11/8 월요일은 왠지 긴장감 속에 생활하다 보니 시간이 가는 줄도 몰랐네요.
현장 사무실 이사는 잘하셨는지요?

망치 11/8 내일 오전으로 연기 했습니다.
오늘 5호 현장에 조경석 일부와 성토용 좋은 흙 반입 관계로….
내일부터 작업 진행하고자 합니다.
내일부터 5호가는 키가 쑥쑥 자랄 겁니다. 좋은 저녁 되세요.

주사 11/8 네네! 바쁘신데 항상 답장 주셔서 정말 고맙습니다!

주사 11/11 비가 많이 내립니다. 비설거지 다하셨으면 따뜻한 차 한 잔 드시지요.
설계도면 시간 있으실 때 한 부만 다시 부탁드려도 될까요?
공부를 넘 많이 하다 보니 훼손되었네요.

망치 11/11 지금 내리는 비를 일꾼 비라 한답니다. 주인은 속 타겠지만….
비가 와서 가칭 5호가의 작업은 조금 전 종료되었습니다.
해서…, 내일 입주를 앞둔 예지헌에 다시 가봐야 될 것 같습니다.
가는 길에 원평에 들러 차 한 잔 마시고자 합니다. 괜찮으신지요?

주사 11/11 네네! 어서 오세요^^!

주사 11/11 예지헌 보여 주셔서 정말 고맙습니다! 다시 한 번 좋은 인연 행복합니다.

주사 11/12 어제 밤 기와집 짓느라 잠을 설쳐서 피곤하지만 화창한 날씨에 웃음이 지어집니다. 맛있는 점심 드세요!

망치 11/12 예지헌 욕심나 빼앗으면 집주인 우시는 것 볼 재주 없으니 탐내지 않도록 5호가 다른 이에게 빼앗기지 않을 만큼만 짓겠습니다.

주사 11/12 어찌 아셨습니까? 에고! 딱 들켰네요. 약속하셨으니 맘 잡고 기다리겠습니다. ㅋㅋ.

망치 11/12 퇴근길 현장에 들르시면 예쁜 남천이 기다리고 있습니다. 나 데리고 가주세요, 라구요!

주사 11/12 감사합니다. 곧장 달려갑니다 !

주사 11/15 기온이 차갑습니다. 그래도 절대로 감기 드시면 아니되시옵니다. 절대로! ㅋㅋ.

망치 11/15 절대로 아프지 않도록 하겠습니다.

어제 5호가 현관에서 곰곰이 살펴보니 직선으로 모악산 정상에 풍수지리학 상의 안대가 맞아집니다. 해서…, 그간 고민해 오던 당호를 모악재로 저는 정하고 싶쭌데…. 현재의 집주인이 삼가 여쭙니다.

주사 11/15 좋은 소식 이제야 보았습니다.
모악재…, 좋아요! 거북이도 나왔는데 뭔들 좋지 않겠어요. 아자, 횟팅!

주사 11/15 손님이 계셔서 사알짝 지나갑니다. 오늘도 정말 의미 있는 하루였습니다!

망치 11/16 모악재 현관에서 바라보니 뜰 넓은 뒷집이 카퍼필드의 마술처럼 갑자기 사라졌습니다!

주사 11/16 모악재의 키가 그만큼 커졌단 말씀이신가요? 궁금!

망치 11/16 예…, 콩나물만 먹었나 봅니다.

주사 11/16 올 겨울 선생님 거 감기까지 제가 다 앓고 지나가렵니다. 충성! ㅋㅋ.

망치 11/17 모악재 위치를 묻는 분들께 설명하기 어려워 그냥…,
동남아 지역에서 볼 수 있는 나무 4그루가 기린처럼 서 있는 곁에 볕 좋은 곳이라고 했는데, 다들 똑똑하셔서 잘 찾아오십니다.
퇴근길 오셔서 감기 특효약을 모악재 한의원에서 받아가세요….

주사 11/17 모악재 원장님 곧 찾아뵙지요. 접수해 주세요.

주사 11/17 받는 즐거움이 더 클까요, 아님 주는 즐거움이 더 클까요?!

모악재는 하루가 다르게 성장하고 있습니다. 이른 아침 신축 중인 모악재의 2층으로 오르는 계단을 새벽 산길을 걷듯, 저녁 강을 바라보는 마음으로 오른 후 2층에 섰습니다. 멀리서 모악산 정상과 황방산이 보입니다. 며칠 전 모악재의 1층 골조공사 콘크리트 타설이 완료되어 양생 중입니다. 오늘은 2층 골조공사와 향후 진행되는 작업들의 안전 작업을 위해 비계설치 공사(안전 발판 or 아시바 설치)를 완료했습니다. 제가 늘 작업을 도와주시는 분들께 강조하는 "세심한 작업보다 더 중요한 건 여러분의 안전입니다."라는 현수막도 설치할 예정입니다.

자고 나면 모악재는 쑥쑥 자랍니다. 현장의 모든 작업들을 진행하다 보면 순간적인 판단에 의한 결정이 필요한 경우가 많습니다. 그런 경우 저는 각 공정 작업자들에게 결정 결과를 언제나 최단시간에 통보합니다. 힘든데 더 이상은 고민하지 마시라고…

버나드 쇼(George Bernard Shaw, 영국 극작가 노벨문학상 수상)의 묘비명에 새겨진 "우물쭈물하다가 내 이럴 줄 알았다."라는 말을 기억하기에…

모악재 안주인께서는 저보다 순발력이 더 뛰어나신 것 같습니다. 더 이상은 가르침을 줄 게 없어서 하산하시라고 말씀드렸는데, 싫다고 하십니다. '싸부님' 하면서. 오호통재라!

　모악은 늘 그 자리에 있습니다. 또 하나의 모악은 성장기의 아이처럼 자꾸 기지개를 폅니다. 이른 아침의 현장은 무겁습니다. 어제의 피곤함을 뒤로 하고 새 아침을 맞습니다. 해서, 늘 조심스럽고 모든 분이 저에겐 고마운 분들이기에 가급적 활기차게 맞이하려 합니다. '김마담'을 자청한 것도 이런 이유이기도 합니다.

　드디어 2층 골조공사의 시작입니다. 지난 골조공사의 중간고사는 만족할 만큼의 성적표를 받은 것으로 자평해 봅니다. 오늘은 귀한 분(모악재 어머님)께서 정성 담긴 음식(맛있는 김장김치와 고구마)을 현장 작업자들 간식용으로 가지고 오셨습니다. 모두들 모여 맛있게 먹었습니다. 맛있는 김장김치 담는 일에 어떤 분도 일조하셨다고 주장하시는데…, 제 추측으론 주부 9단이시지만 무척 바쁜 분이시기에…. 1년 음식농사라 필할 수 없어 시간을 쪼개고 쪼개서, 어머님께서 담그신 김장김치에 시간 관계상 맛있는 통깨, 잣, 밤 등을 슬~슬 뿌리기만 하신 것 같습니다. ㅋㅋㅋ.

　음식은 맛도 중요하지만, 눈의 즐거움도 매우 중요합니다. 맞죠?

→ 현장 현관문 봉인, 그리고 참새 날아와 앉다

이른 아침(6시 30분경)부터 시작되는 모악재의 아침은 따뜻한 커피와 함께합니다. 얼었던 몸들을 녹여 봅니다. 2층 골조공사는 이제 반쯤 진행되었고, 이번 주 주말이나 다음 주 초에 종료될 것 같습니다. 건축현장은 늘 안전사고 발생의 위험에 노출되어 있기 때문에 작업자들에게 수시로 교육 및 안전작업을 당부합니다.

그 일환으로 1층 골조공사 완료 시 개방되어 있던 현관문을 통제합니다. 해서, 임시 현관문을 설치하고 그 문이 뭣해서, 나무 한 그루를 주머니에 있던 매직펜으로 그려 놓았는데요. 작업종료 후 문을 보니 어느새 빨강과 파랑 깃털을 가진 참새가 앉아 있더군요. 쨱~쨱 하면서(참새는 현장 골조 반장님 작품인데 한 수 배워야 할 것 같습니다. ㅎㅎ).

→ 바람 불지 않았으면 좋겠다

이른 아침부터 몸이 거세게 부는 겨울바람으로 꽁꽁 얼어 녹지 않습니다. 찬바람에도 제 얼굴을 봐서 불평하지 않고 묵묵히 작업하는 모습에 몸 둘 바를 몰라 했던 하루였습니다. 오히려 작업자들은 추운데 뭐 하러 새벽에 맨 먼저 나오느냐고 저에게 이구동성으로 말씀들 하십니다. 그럴 때마다 눈시울이 뜨거워짐을 느낍니다. 현장의 점심시간은 즐겁지만, 식사 자리가 늘 옹색합니다. 비나 눈이 오고 바람이 불 때는 특히 곤욕스럽지요. 오늘은 바람을 피할 수 있도록 단열재로 방벽을 쌓아서 식사 공간을 마련해 보았습니다. 다들 웃으십니다. 내일은 바람 불지 않는 날이었으면 좋겠습니다.

2010년 12월 4일 → 모악재 상량식, 돌거북은 늘 숨쉬고, 비밀 고액과외

키 큰 기린(야자)나무 옆엔 더 큰 모악재가 있습니다. 걱정했던 겨울바람의 추위가 오늘은 사라졌습니다. 모악재의 상량식(上樑式)을 축하하는 듯이…

오늘 모악재 안주인님의 어머님과 고모님께서 상량식에 필요한 음식을 정성스레 준비하셔서 현장을 방문하셨습니다. 두 어르신의 사이는 어렵다

는 시누이와 올케 관계인데, 마치
친자매처럼 다정하게 보이더군요.
고모님께서는 처음 방문이신데, 조
경석 사이에서 우연히 발견된 돌거
북에 관심 있어 하셨습니다. 해서,
돌거북과 기념촬영을 하신 후 현
장을 떠나셨습니다. 준비해 오신

음식을 현장 작업자들과 나누어 먹고도 남아 작업종료 후 떡 한 조각씩
을 포장하여 집에 있는 가족들에게도 전해 주시라고 했습니다. 다들 좋아
하십니다.

참, 어젠 예지헌의 집들이에 초대받아 두 제자와 함께 성대한 저녁식사
와 와인과 차를 대접 받았습니다. 예지헌의 첫 집들이 손님 자격으로 말
입니다. 물고기 형상의 예지헌 뜰에서 본 밤하늘엔 수많은 별들이 총총
떠 있었습니다. 참으로 아름다운 밤이었습니다.

모악재의 안주인께서는 요즘 밤 새는지도 모르고 건축 공부를 하시나
봅니다. 대물림 주택 안주인 대상 건축고시에서 1등 충분히 하실 것 같습
니다. 자신 있다고 호언장담하시는데…. 혹시 제가 다른 분들 비밀 고액
과외 시켜드리러 다니면, 원하는 바 과연 이루어질까요?!

오늘 이른 아침 5시경 뉴스에서 전북 권 영하 4도라는 소식에 수많은 생각들이 교차되었습니다. 현장으로 오는 차 안에서 차량 밖의 기온이 영하 2도라고 체크된 걸 확인한 후, 아침 6시경의 기온이니 모악재의 최종 골조공사 콘크리트 타설 시점인 8시경에는 영상기온으로 회복될 것이라는 예감이 들어 저도 모르게 휴~.

작업자들이 나오기 전 김 마담과 우렁각시는 참으로 할 일도 많았습니다. 모든 인원들이 몸을 녹일 장작불을 피워 놓고 따뜻한 커피와 어제 준비한 찜 주전자 속에 호빵을 넣고 따뜻하게 쪄서 준비하느라고…. 늘 느끼는 것이지만 마음이 즐거워야 작업도 잘되는 것 같습니다.

곧이어 도착한 초식공룡인 브라키오사우루스(Brachiosaurus)처럼 키가 큰 펌프 카와 10여 명의 작업 인원들이 5~6시간의 고난이도의 작업을 일사불란하게 진행한 결과 모악재는 커다란 모악(母岳)으로 성장을 마쳤습니다. 모두들 정말 고생 많으셨고 정말 고맙습니다. 원수 꼭 갚겠습니다.

　내일은 모악재 양생을 위한 숙면 기간이니 잠시 시간을 내서 뜨거운 호빵 만드는 기계 구하러 갈까 합니다, 호빵 장수하게. 혹시 누구, 가진 사람 없수?

2010년 12월 8일 → *늦었습니다 (수제자-모악재 안주인)*

　모악재가 드디어 제 모습을 보여 주고 있습니다. 출퇴근길에 만나던 모습을 이렇게 접하니 감격, 감동, 코끝이 찡합니다. 싸부님께서 이렇게 많은 가르침을 주시고 계신 줄도 모르고 매일매일 현장 사무실에서 과외공부에만 매달린 못난 제자를 어찌 하오리까? 우렁각시 분들, 정말 죄송합니다. 퇴근시간이 자꾸만 늦어져서요. 진즉 말씀하시지요, 모악재를 이렇게 만나라고요. 그렇게 할게요, 가끔씩은…. 모두모두 정말 감사합니다. 거북이도 홧팅!

2010년 12. 8 → *마음은 콩밭에, 첫눈과 함께 찾아온 기쁨*

　첫눈이 내렸습니다. 모악재 신축 현장은 작업개시 후 처음으로 망치 소리가 멎었습니다. 강건한 골조를 만들기 위해선 양생의 시간이 필요합니다. 숙면을 취해야 미인이 되기 때문에 모악재 앞을 걸을 때에도 조용조용 사뿐히 걸어야 합니다. 해서, 작업개시 후 처음으로 현장을 떠나 달콤한 휴식도 취하고 맛있는 커피도 마시며 따끈한 붕어빵도 사먹고자 떠났으나, 마음은 콩밭에 있었습니다. 발병할까봐 멀리도 못 가고, 고작 가본 곳은 제자 고세훈 군이 진두 지휘하고 있는 상업 공간 리모델링 현장이었습니다. 이제 걱정 접어도 될 것 같습니다.

사실 오늘 전 아무것도 먹지 않아도 무척 배부릅니다. 왜냐고요? 사랑하는 큰 녀석이 날마다 학교 설계실에서 새벽까지 작업하다 토끼눈으로 아침을 맞이한다 하여 마음이 늘 짠했었는데, 오늘 행복한 소식을 전하더군요. 대학생 건축대전에서 최고상인 대상을 수상하게 되어, 오늘 시상식에 참석해야 되고 수상작 전시한다고…. 그간 짠했던 마음이 전해진 희소식에 울컥했습니다.

제 맘 아시죠? 그 친구 내년 2월 중에 군 입대 예정인데, 본인의 1차 목표를 다행히도 군입대 전에 달성하여 기쁘다는군요. 저도 무척 기쁘지만, 자만하지 않기를 희망합니다.

알아도 군데군데 모른척함이… (건축가의 길을 가고자 하는 아들에게)

"명망 있는 학자와 이야기할 때는 상대방의 말 가운데 군데군데 이해가 되지 않는 척해야 한다. 너무 모르면 업신여기게 되고, 너무 잘 알면 미워한다. 군데군데 모르는 정도가 서로에게 가장 적합하다."

- 노신의 '아침꽃을 저녁에 줍다' 중에서 -

우리 세상살이는 때로 너무 잘 알아도 병, 너무 몰라도 병인 경우가 많다. 특히 지식인 사회에서는 자신의 지식을 적당히 감추는 '적절한' 처신이 필요하다는 생각이 든다. '아침 꽃을 저녁에 줍다'는 '조화석습(朝花夕拾)'을 옮긴 것이다. '조화석습'은 아침에 떨어진 꽃을 바로 쓸어내지 않고 해가 진 다음에 치운다는 의미가 담겨 있다. 그러니까 떨어진 꽃에서도 꽃의 아름다움과 꽃의 향기를 취하는 여유를 갖는다는 뜻이러니….

2010년 12월 17일 ➔ 오봉리 주민 유수창 교수님 경사 났네

이틀간의 강추위와 함께 오늘은 기온이 올라가 눈이 내리다가 지금은 비가 옵니다. 모악재 현장은 시작했던 외부 치장벽돌 쌓기 작업이 기상 관계로 중단되었지만, 내부에서는 설비배관 작업 중입니다. 그러기에 모악재는 휴화산이 아닌 활화산입니다.

조금 전부터는 벽돌 조적 팀에서 내일 작업을 위한 선행 공정을 진행하고 있습니다. 일 욕심 많아서인지 현재 작업 진행이 양에 차진 않습니다. ㅎㅎ.

어젠 예지헌(藝智軒)에서 반가운 소식을 전해왔습니다.

'2010년 대한민국과학문화상'을 수상하게 되어 수상식장에 부부 동반하셔서 다녀오시는 길이라고…. 정말 축하! 축하! 합니다. 수상 내용을 살짝 확인해 보니 유수창 교수께서는 군산대학교 화학과에 재직하면서 읍면동 및 학교로 가는 생활과학 교실 등을 운영하고, 라디오 방송인 '생활과학상식', '주부과학아카데미' 운영 및 '최고과학자와의 만남' 프로그램을 진행한 공적과 소외 지역 학생들에게 영재교육 기회 무료제공 및 융합 교육을 실시한 공적을 인정받아 대상을 수상하신 것 같습니다. 해서, 비 오는 오늘 예지헌 가는 길 명품 길에 수상 소식을 알리는 현수막을 슬쩍 걸어 놓고 왔습니다. 전북 김제 시 금구면 오봉리에 경사 났다고!

→ 모악재 벌써 2년째 공사 중

어느덧 2011년입니다. 모악재는 대공사이기에 2년째 공사 진행 중입니다. ㅎㅎ. 모악재 현장은 매일 강추위와 눈과의 전쟁입니다. 지난 연말 결국 철인 28호로 불리던 김마담은 배터리가 방전되어 고장 났습니다. 해서, 현장을 마친 밤에는 병원 신세를 졌습니다. 그 바람에 연하장도 보내지 못하여 현장에 커다란 연하장 현수막을 붙였습니다. 현장을 참새가 늘 찾는 방앗간처럼 늘 다녀가시는 많은 작업자들이 보시라고… 이제 90% 정도는 충전된 것 같습니다. 많은 분들의 걱정으로요. 이제 아프지 않도록 하겠습니다.

그동안 취묵헌의 예쁜 강아지가 모악재에 입양되어 쫄병공주란 이름으로 모악재 가족이 되어 살기 시작했고, 모악재 현장 옆집 어르신의 흰 진돗개는 초승달 같은 눈썹을 그렸고, 타 현장은 휴화산이지만 모악재는 추위 속에서도 많은 분들의 도움으로 활화산입니다. 내일부터는 내부 타일 공사가 진행되며, 다음 주 월요일엔 내부 내장공사가 본격적으로 시작될 겁니다.

연일 계속되는 추위로 무척 힘들 것 같은데, 작업에 임하는 모든 분들이 환하게 웃습니다. 그 모습들을 보고 있는 김마담은 늘 미안한 마음 가득합니다.

며칠 전 모악재의 미래의 주인과 현재의 주인인 저와의 합의 하에 모악재 입주일을 택일했습니다. 2011년 2월 1일로요. 물론 이사 방향과 관계없이 손 없는 날을 택했고, 좋은 집에서 새해 설 명절을 맞이하시라고요. 해서, 요즘 무~척 바쁩니다.

강추위로 인한 하자가 우려되어 그동안 진행하지 못했던 작업들도 진행해야 되는데요. 낮은 기온 때문에 외부에서 진행해야 하는 작업은 이른 아침과 늦은 오후시각에는 작업치 않고, 햇살 비추는 시각에만 작업하는 관계로 모든 게 더디게 진행되는구요. 하지만 인력으로 어찌할 수 없어서 답답하지만, 이렇게라도 작업 진행함을 다행으로 생각하기로 했습니다.

내일은 내부 목공 작업이 완료될 것 같습니다. 많은 작업 인원들이 내부 디자인 내용을 잘 이해하고, 일사분란하고 세심하게 작업에 임해 준 덕분에 만족합니다. 이젠 최종 마감 공정만 남겨진 상태입니다. 내부는 페인트 작업, 도배, 바닥재 시공 등 기구 설치, 위생도기 설치, 벽난로 설치, 주방가구 및 비품설치 등이 남았고, 외부는 벽돌 줄눈. 지붕재 설치, 페인트 작업, 타일 및 석공사 등이 남은 상태입니다. 참 많이 남았네요.

정해진 입주일은 언제나 빨리 다가오지만, 전 걱정하지 않습니다. 수많은 작업자들이 지금까지 부족한 저를 열심히 도와주었고, 앞으로도 그러하리라 늘 믿기 때문이지요.

▶ 모든 것에 감사하고 눈물겹습니다

모든 것에 감사합니다. 모든 것이 눈물겹습니다.

지난 심슨 가(家), 풍경재, 취묵헌, 예지헌 건축에 이어 모악재 신축 과정에서 단 하루도 현장을 비우지 않고 굳건히 지킬 수 있도록 건강이 허락되었던 것과, 부족한 사람을 잘 도와주신 수많은 작업자들, 저의 모든 것을 걱정해 주시던 지인들….

모악재는 그간 강추위와 눈보라 속에서도 성장을 거듭하여, 이제 며칠 후 모든 공정을 마치고 기다리던 입주를 하게 됩니다. 하루가 찰나같이 느껴집니다. 마지막 마감 공정의 중요성을 잘 알므로 모두들 신중하게 최선을 다합니다.

요즘은 모악재 현장 사무소에 많은 분들이 건축 상담 차 찾아오십니다. 모두들 모악재의 신축공사가 완료되는 시점이라 금년도 공사 가능 여부 타진과 건축에 관한 조언을 듣고자 찾아오시는 분들입니다. 이젠 미안하고 겁이 납니다. 오래 전부터 밝힌 바 있는 1년 동안에 제가 현장에 머물면서 직접 계획하고 설계해서 시공할 수 있는 건축물이 1동에서 많으면 3동 이내인데, 현재까지 건축 일정을 조율 중이거나 검토하고 있는 건축 대상물이 20여 동이나 되어 더욱 난감합니다.

어젠 눈이 펑펑 내리는 모악재 현장으로 찾아오신, 일년을 기다려 주신 건축 의뢰인과 금년도 첫 삽을 뜨는 상호 믿음의 공사 약정을 했습니다. 그간 건축부지와 건축물의 디자인 및 규모를 수없이 검토했는데, 그 결과를 이제 그 부지 위에 펼치고자 합니다. 많은 분들이 기대하는 작업이므로 지금까지 그러했던 것처럼 철저히 준비하도록 하렵니다.

2011년 2월 7일 → 정리의 시간들

지난 90일간의 모악재 신축 현장에서의 기억들…, 모두 다 소중합니다. 지금은 정리의 시간입니다. 모악재 입주(2011년 2월 1일) 후 며칠간의 꿀처럼 달콤한 설 연휴의 휴식을 마치고, 오늘 아침 평소처럼 아직은 옮겨지지 않은 모악재 현장 사무소에 나왔습니다. 창밖으로 모악재 가족들의 밝은 모습을 뵙게 되니 저 또한 맘이 밝아옵니다.

모악재의 새로운 주인장 내외분께서 출근 전 잠시 들러 뜨거운 모닝커피 한 잔 주시고 바쁜 출근길을 떠나시는군요. 예견하지 못했던 인연으로 시작되어 이젠 좋은 벗을 얻었다 생각하니 무척 행복합니다. 이러기에 늘 현장을 떠나지 못하나 봅니다.

권장 바뀐 모악재를 이젠 아무도 감히 넘볼 수 없습니다. 취묵헌에서 입양된 졸병 공주가 도도하게 살기 위해 '도도'라고 개명해 훌쩍 커서 나타나 우측에 자리하고 있고, 좌측엔 거북이 당당하게 버티고 있으니….

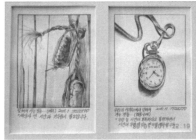

▲ 공존(共存) IV 201012

▲ 2010 가을 노랗게 물들다… 201011

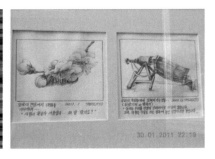

▲ 춤추는 꽃 201101

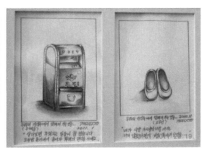

▲ 춤추는 꽃 201010

이번 작업의 내용을 말입니다. 제가 하는 작업은 늘 제 방식인데도 말입니다. '모든 것에 정직하자, 기본에 충실하자, 눈에 보이는 것만큼은 놓치지 말자, 사람이 꽃보다 아름답다, 살다 보니 돈보다 소중한 게 더 많더라, 시간 흐른 후 부끄럽지 않을 만큼의 작업을 하자.' 이 모든 게… 당연한 것인데도 모두들 굿~이라 하시니, 이젠 몸 둘 바를 모르겠습니다.

유츄프라 카치아

'유츄프라 카치아'라는 한 식물이 있습니다. 이 식물은 결벽증이 강한 식물이래요. 누군가, 혹은 지나가는 생물체가 조금이라도 몸체를 건드리면, 그날로부터 시름시름 앓아 결국엔 죽고 만다는 식물. 결벽증이 강해 누구도 접근하기를 원하지 않는 것으로 알았던 식물. 이 식물을 연구한 박사가 있었다는데요. 이 식물에 대해 몇 십 년을 연구하고, 또 그만큼 시들어 죽게 만들었대요. 박사는 연구 끝에 알게 되었대요. 이 식물은 어제 건드렸던 그 사람이 내일도 모레도 계속해서 건드려 주면 죽지 않는다는 것을…. 한 없이 결백하다고 생각했던 이 식물은 아마도 너무나 사랑받고 싶었던 식물인지도 모르지요.

유츄프라 카치아는 아프리카 깊은 밀림에서 공기 중에 소량의 물과 햇빛으로만 사는 음지 식물과의 하나라는군요. 그 식물은 사람의 영혼을 갖고 있다고도 합니다. 누군가 건드리면 금방 시들해져 죽어 버리는, 그러나 한 번 만진 사람이 계속해서 애정을 가지고 만져 줘야만 살아갈 수 있다 합니다. 당신은 누구의 유츄프라 카치아입니까? 혹은 누가 당신의 유츄프라 카치아입니까?

내가 누군가에게 지속적인 관심과 애정을 줄 수 있다는 것. 또는 누군가 나에게 지속적으로 애정과 관심을 주고 있다는 것. 우리는 그 것을 잃어버리기 전엔 그 애정과 관심의 소중함을 잘 모릅니다. 오히 려 우리는 그 관심과 애정을 부담스러워하기까지 합니다. 그러나 우 리에게 그것이 어느 날 사라졌을 때, 그때서야 우리는 그 소중한 것 을 기억하게 되지요. '가까이 있어서 소중한 것', 그러나 너무나 평범 한 일상 속에 있어서 소중함을 잘 모르는 것. 우리는 그것을 잃어버 리기 전에…,

당신의 유츄프라 카치아를 위해서, 혹은 당신을 유츄프라 카치아로 둔 누군가를 위해서, 이제 우리는 사소한 것에서부터 그 소중함을 알 아야 할 것 같습니다.

03 예지헌(藝智軒), 자연을 품다

예지헌은 물고기를 닮아 늘 깨어 있습니다.

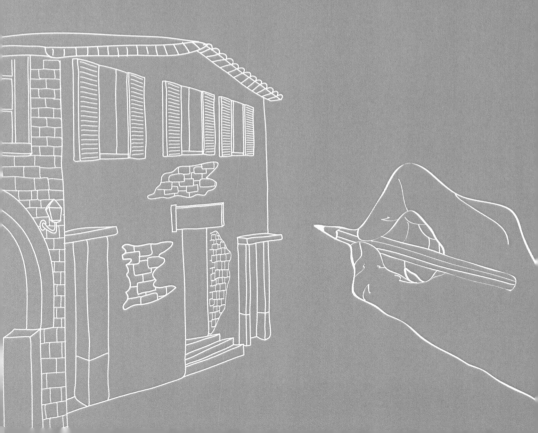

2010년 9월 28일 ── 예지헌의 들판 노랗게 물들다

　　어느덧 가을입니다. 지난 시간 참기 힘든 더위와 고통스러울 정도의 비로 인하여 참으로 현장은 최악의 상황이었습니다. 하지만 많은 분들의 도움으로 착공 1달 만에 골조공사를 마치고, 겉옷을 차근차근 입고 있습니다. 하루가 참 짧습니다. 모든 분들, 늘 고맙습니다. 전 복도 참 많은 사람인가 봅니다. 늘 착한 분들 집만 지으니. 훗날 부끄럽지 않도록 최선을 다하겠습니다.

오늘 예지헌 2층에서 바라본 들판은 잘 익어가는 벼들로 노랗게 출렁거렸습니다. 건축을 하고 있음이 예나 지금이나 행복합니다. 내일 아침엔 쌀쌀할 거라는군요. 감기 조심하시길….

RE : 예지헌을 바라보며 (예지헌 건축주 유수창)

건축을 시작한 지 한달 하고 보름 남짓 되어 갑니다. 만나 뵙기 전 두려움과 망설임의 연속이었지만, 지금은 제가 가졌던 편견 앞에 얼굴이 벌개집니다. 이론과 실무에 해박하신 사장님의 능수능란한 지휘 앞에 그저 무장 해제된 군인처럼, 아무런 저항 없이 모든 걸 맡겼고, 맑아진 머리로 일상의 일을 계속할 수 있어 행복했습니다.

50평생 살아오면서 많은 만남들을 가졌습니다. 사장님과의 만남은 우연이었지만 숙명이 되어 버렸고, 제 삶의 한 페이지를 또렷하게 장식하게 되었습니다. 양보와 배려가 무엇인지를 깨달았고, 집념과 열정이 무엇인지를 배웠으며, 믿음과 우정이 무엇인지를 경험했습니다. 요즘처럼 가슴 뿌듯한 하루하루를 보낸 적이 없었던 것 같습니다.

건축을 하면 10년이 늙는다고 말들 하지만, 저는 거꾸로 10년이 젊어짐을 느낍니다.

황금빛 들녘에 멋지게 자태를 드러낸 예지헌을 바라보며 건축을 위해 힘쓰시는 모든 분들께 감사한 마음을 전합니다.

건축주 유수창 올림

매일 날씨가 좋으면 사막이 되고 맙니다

날마다 날씨가 좋으면 사막이 되고 맙니다. 비바람은 거세고 귀찮은 것이지만 그로 인해 새싹이 돋습니다. 내 앞에 비바람이 불 때 나의 소임이 무엇인가를 되뇌면서 참고 견디면 좋은 날은 반드시 옵니다.

-전대련 전 YMCA 회장의 퇴임사 중에서-

이것은 전대련 씨가 YMCA 생활 33년을 마감하면서 남긴 말입니다. 그는 YMCA 회장만 14년 동안 했는데, 1997년 4월 24일 한국일보 기자가 "14년간 한 단체의 장으로 지내자면 어려움을 이기는 생활철학을 갖고 계셨을 텐데, 이것을 소개해 주시죠?"라고 묻는 말에 이렇게 대답했답니다.

매일 날씨가 좋으면 사막이 된다는 말의 뜻이 깊습니다. 자신의 인생 앞에 펼쳐지는 궂은 날씨를 너무 두려워할 것 없다는 희망을 갖게 합니다.

2010년 9월 30일 ➔ 오래 전 좋은 기억의 회상은 피로 회복제입니다

가을이 깊어 갑니다. 현장의 하루는 순간입니다. 그러기에 늘 제 눈에 보이는 건 놓치지 않으려 합니다. 오늘 새벽부터 몸이 쉬라는 신호를 자꾸 보내오고 있어 조심하려 합니다. 그래서 오래 전 여행의 좋은 기억을 떠올리며 머릿속을 비우고 있습니다. 휴~, 이제 살 것 같네요!

세상 모든 일, 모두 다 어렵습니다

오늘 온종일 '뜨거운 양철지붕 위의 고양이'(Cat on a Hot Tin Roof, 미국 극작가 T. 윌리엄스의 희곡)처럼 지붕 위에 있었습니다. 건축물에서 지붕은 무척 중요합니다. 지붕의 생명은 선입니다. 경사 지붕에서 작업하는 일은 고역의 연속입니다. 오늘의 작업을 마치고 나니 안도감과 피로가 몰려옵니다. 모두들 고마워요. 그리고 나 같은 골치 아픈 사람 만난 것도 인연이라고 이해해 주길. 예쁘게 봐달라는 뜻으로 내일도 새참 때 계란 프라이 해줄게요.

세상 모든 일, 모두 다 어렵습니다. 불 피우고, 프라이팬 가열하고, 식용유 붓고, 계란 노른자 깨지지 않게 깨어 넣고, 익히다가, 소금 조금 뿌리고, 뒤집고 익히고, 꺼내고, 또다시 식용유 붓고, 계란 노른자 깨지지 않게 깨어 넣고, 익히다가, 소금 조금 뿌리고, 뒤집고 익히고, 꺼내고…. 바쁘다, 바쁘다. ㅎㅎ. 손이 어떤 땐 더 있었으면 합니다.

가을 (김용택)

가을입니다. 해질녘 먼 들 어스름이 내 눈 안에 들어섰습니다.
윗녘 아랫녘 온 들녘이 모두 샛노랗게 눈물겹습니다.
말로 글로 다할 수 없는 내 가슴 속의 눈물겨운 인정과 사랑의 정감들을 당신은
아시는지요.
해지는 풀섶에서 우는 풀벌레들 울음소리 따라 길이 살아나고 먼 들 끝에서 살
아나는 불빛을 찾았습니다.
내가 가고 해가 가고 꽃이 피는 작은 흙길에서 저녁 이슬들이 내 발등을 적시는
이 아름다운 가을 서정을 당신께 드립니다.

`2010년 10월 5일` → 믿음 열정 그 사이 (제자 한용희)

집을 표현하는 수식어는 헤아릴 수 없을 정도로 많은 것 같습니다. 저
는 그 중에서 안식처라는 뜻이 가장 어울리지 않을까라는 생각을 해봅니
다. 몸과 마음이 편안하게 쉬는 장소라는 뜻. 달콤한 꿀잠을 잘 수 있고
맛있는 식사를 사랑하는 이들과 함께 할 수 있으며 편안한 휴식을 줄 수
있는 것이 집이기 때문입니다.

어느덧 예지헌(藝智軒)이라는 곳에서 일상의 반을 지내게 된 지도 한 달
여가 지났습니다. 그저 자그마한 산 아래에 있는 넓은 밀밭이라는 캔버스
에 불과했던 이곳이 밑그림이 그려지고 빠르게 완성되어 가는 모습을
보고 있노라면, 사람의 손이 참 대단하고 위대하다는 생각을 자연스레 하
게 됩니다.

8월 10일 오전 교수님과 경계측량을 하기 위해 현장을 방문했을 때, 정
리되지 않은

넓은 밀밭을 바라보면서 막막함이 앞섰습니다. 하지만 며칠 후 포클레인
두 대가 들어오고, 사람의 손을 거쳐 가면서 넓은 터가 생기고, 그 위에
뼈대가 세워지고, 옷을 입고, 군데군데 상처 난 곳을 다듬어 주면서 점차

제 모습을 찾아가는 예지헌을 보고 있노라면 뿌듯함과 보람을 느낍니다.

물론 그 과정 속에는 치밀한 계획들이 존재합니다. 몇 년 후를 바라보는 건축이 아니라, 지금 세대 그리고 그 후의 세대들까지 고려해 섬세하고 인간적인, 안팎으로 속이 꽉 찬 그런 대물림 집을 완성하기 위해서 말입니다. 예지헌 가족 분들을 고려하여 현관의 위치를 부지의 안쪽으로 한 경우와, 현관 입구 부분에 잠깐의 기다림과 여유를 위한 배려, 집에 찾아오신 손님들을 위한 세면대의 위치와 가족 분들의 편의를 위한 욕실 구조, 계단 부분에 위치한 채광창 등, 일일이 열거하기 힘들 정도의 세심한 배려들은 지금까지 제가 가지고 있던 건축에 대한 생각들을 다시 한 번 되짚어 보게 하는 중요한 교훈들입니다.

일주일, 길게는 여러 달 전에 사전 회의를 거치고, 그 안에서 최적의 사항을 선택함으로써 비로소 작업이 진행됩니다. 물론 다른 일들도 마찬 가지겠지만 특히나 건축은 사람과 사람 간의 교감으로써 일이 진행, 완성되기 때문에, 믿음이라는 것이 얼마나 절대적이고 중요한 것인지도 알게 되었습니다. 각 공정 팀들과의 믿음, 건축주와의 믿음, 그리고 그 외에 크고 작은 믿음들이 원활하고 신뢰를 쌓아 최상의 것들을 만들 수 있다는 것을 깨닫게 되었습니다.

건축 현장은 아침 일찍부터 일이 이루어집니다. 그리고 최대한 그날의 공정은 계획대로 이루어지기 때문에 마무리되는 시간 또한 정해져 있지 않습니다. 믿음이라는 말이 때로는 무겁고 깊게 느껴지지만, 그 시작은 작은 일에서부터 이루어진다는 것을 알게 되었습니다. 특히 요즘같이 일교차가 심한 날씨에 다들 쌀쌀한 기분을 느끼면서 출근하실 때, 웃음 띤 우렁찬 안부인사에, 커피 한 잔에도 그 시작이 담겨져 있습니다. 어쩌면 힘들고 고된 작업일지라도, 웃음이 있고 즐거움이 있다면 보다 작업에 열중할 수 있다고 생각됩니다.

또한 물론 모든 것들이 계획대로 진행되면 더할 나위 없이 좋겠지만, 때로는 크고 작은 일들이 발생하곤 합니다. 날씨에 대한 걱정거리나 어쩔 수 없는 일들이 벌어지지만, 그런 일들이 일어날 때마다 교수님의 표정을 살펴보면 인상을 찌푸리신 적이 없었습니다. 그리고선 걱정 어린 표정을 짓고 있는 저에게 한 마디 하십니다.

"거기에는 그럴 만한 이유가 있고, 또 모든 것이 다 해결되게 되어 있다. 그 일에 대해 너무 걱정만 하게 되면 더 좋은 해결책이나 생각을 할 수 없다."

그날 좋게 마무리되고 오히려 더 좋은 방향으로 끝이 났을 때, 걱정은 결국 걱정으로 끝날 뿐임을 알게 되었습니다. 어떤 불행한 일이라도 끊임없이 노력하며 강인한 정신력과 불굴의 의지로 힘쓰면, 불행도 행복으로 바꾸어 놓을 수 있다는 뜻의 '전화위복'이라는 말의 의미를 다시 한 번 알게 되었습니다.

크고 작은 믿음이 쌓이면 끈끈한 유대관계가 되고, 그것이 열정으로 이어지는 것 같습니다. 길게는 수십여 년 이상을 함께 작업한다는 것은 그만큼 서로의 신뢰가 쌓이고 믿음이 있기 때문에 함께할 수 있다고 생각합니다. 서로 독려해 주고, 좋은 일은 함께 감사해 하며, 근심거리는 함께 풀어나가는 것이 그 비결이라 생각됩니다.

집이라는 것은 결국 좋은 생각과 좋은 사람과 좋은 의미를 담아야 비로소 좋은 집이 되는 것 같습니다. 많은 사람들은 나만의 집을 짓고 사는 것을 꿈으로 여기며 살아갑니다. 그러한 소중한 꿈들에 좋은 의미를 담고, 믿음을 형성하고, 열정을 쏟을 수 있는 일이 건축이라고 생각합니다. 그런 건축을 하고 있다는 것에 자부심을 느끼며, 겉모양만 번지르르한 실속 없는 건축을 추구하지 않고, 앞으로 있을 수많은 일들과 땀이 배어 있는 열정과 끈끈하고 진한 믿음으로 하는 건축을 추구하려 합니다. 좋은 사람들이 함께할 것입니다.

저는 지금껏 근사하고 멋진 집을 지어야겠다는 얕은 생각만 했던 것 같습니다. 그 안에 담겨져 있어야 할 많은 것들을 깨닫지 못한 채 말입니다.

아무리 좋은 설계가 나오고 열심히 노력한다고 하더라도, 서로 간에 신뢰가 쌓이지 않고 믿음을 주지 못하면 그 집은 좋은 집이 될 수 없음을 알게 되었습니다. 결국 사람과 사람 사이에 집은 완성되는 것 같습니다. 그리고 사람 냄새가 나고 작은 것 하나도 놓치지 않고 그 안에 의미를 담고 열정을 쏟아 집을 지어야겠다는 다짐을 해봅니다.

물론 건축이라는 분야가 다른 직업에 비해 녹록치 않다는 것은 알고 있습니다. 그러기 위해선 많은 것을 보고 느끼고 배우며, 그 안에 쏟아 부어도 모자라다고 생각합니다. 그리고 무엇보다 자기 관리가 밑받침되어야 한다고 생각합니다.

이제 예지헌이 모습을 다 갖추기까지 약 반 정도의 공정이 남은 것 같습니다. 작은 부분 하나하나 저의 눈에 다 담도록 노력하고 믿음을 주는 사람이 될 것을 다짐합니다. 또한 앞으로 다가올 하루하루가 기대되고 기다려집니다.

2010년 10월 5일 예지헌 건축현장에서 제자 한용희

RE : 제자 한용희 군에게 (예지헌 건축주 유수창)

제자 한용희 군! 저는 첨 봤을 때 엄마 뒤를 졸졸 따라다니는 송아지처럼 그렇게 어리고 귀엽게만 느껴졌었습니다(죄~송). 그런데 한용희 군의 글을 보니까 엄마의 처분만을 바라는 어린 송아지가 아니라, 혼자 들일을 할 수 있는 어미 소로 훌쩍 커버린 것 같습니다. 만날 때마다 깍듯이 대하시는 모습, 작업하시는 모든 분들을 챙기시는 모습, 내 집 짓듯 세심하게 점검하시는 모습, 그런 모습들이 너무 좋아 보이네요. 게다가 건축가로서 주관도 뚜렷하시고 글도 글쟁이 뺨치게 잘 쓰시고….

청출어람이란 말이 떠오르네요. 이런 제자를 두신 사장님 정말 부러울 게 없으실 것 같습니다. 저도 그런 기쁨을 누려봤으면 좋겠네요. 바쁘신 중에도 여유와 풍요로움이 항상 함께하시길 빕니다.

예지헌의 산고를 함께하는 유수창 올림

하루가 참 짧습니다. 모두들 정성으로 작업에 임하고 있어 무척 고맙고
행복합니다. 어제 밤 이것저것 하다가 아주 짧은 잠을 자고 이른 아침 현
장에 나왔습니다. 가끔 듣는 애기지만, 또다시 이번 작업에서도 현장 사
무소에서 자느냐고 웃으며 묻습니다. 그럴 때 마다 아직은 집에서 방출되
지 않았다고 말하곤 합니다.

연일 계속되는 기초화장(미장-시멘트 바르는 일) 작업은 중요합니다. 여자
가 아니라서 잘 모르지만 기초화장은 매우 중요할 것 같습니다. 세상 모
든 것은 기초가 탄탄하면 늘 좋은 결과를 얻을 수 있는 거라 믿기에 말입
니다.

오늘부터는 석공사와 본격적인 내장공사가 시작되었습니다. 해서, 틈나
는 대로 내, 외장 마감 디자인을 정리하고 있습니다. 건축계획 수립 시부
터 구상하기 시작하는 다지인은 공간마다 1~3안 정도 되는데, 이렇게 본

격적인 내장 작업이 시작되면 더욱 더 바빠집니다. 최종적인 안을 결정해서 작업자에게 제시하고 진행해야 하니까요. 이번 작업 역시도 전 공정에 참여한 모든 작업자들이 매번 똑같은 반가운 얼굴들입니다. 해서 그들을 믿기에 안심되고 다시 모여 작업할 수 있어서 행복합니다. 또한 이번 작업이 시작된 후 50 여 일 동안 단 하루도 쉼 없이 지치지 않고 달려올 수 있었던 건 많은 분들의 응원과 건축주 유수창, 한건옥 님의 진심을 느꼈기 때문이었습니다.

가을이 더욱 깊어 갑니다. 여러분도 이 가을 행복하고 빛나게 만끽하십시오, 저처럼요!

2010년 10월 14일 ──• 코발트빛 하늘 아래서 초승달 같은 눈썹을 그리다

맑은 바람과 코발트빛의 하늘 아래서 예지헌은 쑥쑥 자라고 있습니다. 이제 어느덧

제법 커서 초승달 같은 눈썹을 그리고 있습니다. 참 예쁘네요. 이런 눈썹을 닮은 예쁜 딸이 있었음 참 좋겠네요.

RE : 예지헌 안주인

예지헌의 고운 자태가 조금씩 드러나고 있습니다. 그동안 수고해 주신 여러분들께 진심으로 감사드립니다. 남은 일정도 계획하신 대로 차질 없이 잘 이루어질 수 있기를 기원합니다.
김 사장님, 한 대리님 화이팅입니다!

지인, 지민 맘

2010년 10월 17일 ── 예지헌엔 21세기 퀴리 부인께서 살아가실 겁니다

예지헌은 자유라고 외칩니다. 작업자들의 안전과 작업 진행을 위해 설치해 놓았던 안전비계를 해체하고 나니 이제야 숨겨졌던 모습이 보입니다. 그나저나 예지헌의 안주인께서는 작업하는 우리들의 건강이 몹시 걱정되시나 봅니다. 만류해도 자꾸만 영양식을 가져오십니다. 그렇지 않아도 늘 현장 사무실이 동네슈퍼 같은데…. 이번 작업에도 어김없이 많은 지인들이 응원 차 방문해 주시고, 동네 분들이 찾아와 저를 즐겁게 해주시고 갑니다.

그분들 중 예지헌의 진입로변의 논을 소유한 특별한 분은 요즘 더욱 더 자주 찾아오십니다. 늘 약주에 살짝 취해서 오시는 재미있는 분입니다. 첨엔 고약했습니다. 그래서 어떤 분(예지헌 주인장)은 잘 보이려고 망설이지 않고 '형님'이라고 했답니다. 저에게 계속해서 고약하게 했으면 저도 '성님'이라고 부르며 재롱잔치를 해서라도 관계호전을 도모하려 했는데, 이젠 그럴 필요가 없게 되어 아쉽네요. 어떤 분은 형님 한 분 더 두셔서 참 좋으시겠습니다. ㅎㅎ.

오늘도 퀴리 부인(저와 함께 사는 분이 예지헌 안주인께서 겁나게 어려운 화학을 전공하셨다는 저의 말에 외모도 닮았냐고 묻더군요. ㅋㅋㅋ)께서 맛있는 포도와 사과를 한 아름 안고 가을 정취로 가득 찬 예지헌 뜰로 환하게 웃으며 들어오셨습니다.

오늘의 과학상식

마리 퀴리 [Marie Curie, 1867.11.7~1934.7.4] 프랑스의 물리학자·화학자. 남편과 함께 방사능 연구를 하여 최초의 방사성 원소 폴로늄과 라듐을 발견했다. 이 발견은 방사성 물질에 대한 학계의 관심을 불러일으켜, 새 방사성 원소를 탐구하는 계기를 만들었다. (국적 : 프랑스 / 활동분야 : 물리학, 화학 / 출생지 : 폴란드 바르샤바 / 폴란드 이름 : 마리아 스크워도프스카 / 주요수상 : 노벨 물리학상(1903), 노벨 화학상(1911)

예지헌 유수창 교수님께서는 겁나게 유식하십니다.
MBC 라디오 모닝 쇼(김차동 진행, 07~09시)에서 수년 동안 매주 목요일 아침 7시30분경에 생활과학 상식을 까막눈을 가진 분도 알기 쉽게 설명해 주십니다. 귀에 쏙쏙 들으게. 계속 이렇게 바쁘고 건강하게 사셨으면 합니다.

2010년 10월 25일 ● *열심히 일한 자여, 자유를 누려라!*

오늘 오후쯤부터 기온이 급강하되어 초겨울의 문턱에 들어섰습니다. 내일 이른 아침엔 두툼한 옷을 입고서 집을 나서야 될 것 같습니다. 지난 토요일은 수일 전부터 해오던 내장 작업(내부 인테리어) 팀들과 가을 햇살 아래서 점심으로 삼겹살을 구워서 맛있게 먹으며 가을소풍 기분을 만끽 했습니다.

▲ 예지헌 의 窓(창)은 모두다 풍경화입니다.

▲ 우렁각시(제자 한용희)
　제10회 전국 목조건축 경진대회
　산림청장상(금상) 수상)

세심한 작업만이 좋은 결과를 만들어 주기 때문에, 작업자들에게 수없이 현장에서 디자인한 작업 스케치 도면을 넘겨주고, 그 작업이 잘 이루어질 수 있도록 충분한 설명과 독려, 칭찬을 하며 이끌어야 합니다. 세심한 시공을 하는 까닭에 예민해진 마음들을 달래기 위해 농담도 하고 때론 재롱도 피웠던 시간들이 지나, 오후 늦은 시각에 내장 작업이 종료되어 다음 작업 시 만남을 약속하며 예지헌 현장을 철수했습니다. 이제 내부는 최종 마감재 작업만을 남겨진 상태이며, 이 땅에 남겨진 사람의 몫입니다.

참고로 내장 팀은 어제 모처럼 모두들 덕유산에 룰루랄라~ 콧노래를 부르며 등산했답니다. 땀 흘리며 일한 사람들은 자유를 누리며 놀 자격이 있다는데…. 저는 그동안 놀았나 봅니다. 데리고 가지 않는 걸 보니. 흐흐흐~.

어제 일요일 이른 새벽 내부 계 벽의 타임캡슐 안에 들어갈 모종의 작업들이 마쳐질 무렵부터 비가 내리더니 오전까지 계속되었습니다. 어제로 66일째 단 하루도 쉼 없이 진행 되었던 작업들, 비를 핑계로 내부 일부 공간에 타일 작업만을 하고 오후엔 쉬기로 결정했습니다. 사실 요즘 수면 부족 상태인 것 같습니다. 오랫동안 다른 사람들보다 적은 수면시간으로 버티고 잘 살아왔는데…, 도가 지나쳤나 봅니다. 며칠 전 집에 들어가는 엘리베이터 안에서 벽에 기대어 잠깐 졸다가 엘리베이터 문이 열리는 순간 아무 정신없이 나갔습니다. 그런데 그곳은 아래층이었어요. 아래층 그분 왈, "많이 피곤하셨나 보죠? 꼭대기 층은 더 올라가셔야 되는데요. 안녕히 가세요." 참 민망했습니다.

어제 오후엔 예지헌 건축현장에 예고 없이 팔순이 넘으신 사랑하는 어머님께서 오셔서 잠시 기도해 주고 가셨습니다. 교회 다녀오신 후 2년 전 소천(召天)하신 아버님 산소에 들러 그동안 나누지 못했던 밀담을 나누고 집에 가시는 길에 잠시 들렀다 하십니다. 누가 복 많은 사람인지 모르겠습니다. 좋은 집 잘 마무리하라고 기도하시는 걸 봐서는 예지헌 주인장이신 것도 같고, 건강 잘 지키라고 하는 거는 저를 위한 기도인 것 같고…. ㅎㅎ.

오늘은 누구(유수창 교수)의 형님(진입로 입구 논임자) 되시는 분이 예지헌 곁을 감싸고 있던 누런 잘 익은 벼들을 추수했습니다. 해서, 그 부부 두 분께 예지헌 김 마담이 커피배달을 했습니다. 바빠서 머리에 꽃도 꽂지 못했습니다.

그들이 떠나간 들판 한모퉁이(진입로 입구)엔 '까치밥' 격인 벼이삭 몇 포기가 남겨져 있었습니다. 며칠 전 예지헌 건축 끝날 때까지 놔두었다가 같이 낫으로 베자고 했었는데…. 그 약속을 지키고자 조금 남긴 것 같습니다. 저는 내일 태어나 첨으로 농부가 됩니다.

2010년 10월 30일 ➤ 행복한 주말 되십시오. 부럽다, 쉬는 사람들

바쁘다 바빠…. ㅎㅎ. 다리가 문어처럼 많거나 길었으면 좋겠습니다. 예지헌의 내부와 외부는 온종일 많은 스태프들로 분주합니다. 하지만 바쁘고 귀찮다고 날아가는 분은 단 한 분도 없었습니다. 어느 분이 그러던데, 2010년 10월은 823년 만에 찾아온, 토·일요일이 5번이나 들어 있는 특별한 달이랍니다. 행복한 주말 되십시오. 부럽다, 쉬는 사람들.

2010년 10월 31일 → 보고 싶은 이들을 보니 행복합니다

　예지헌의 가을이 깊어집니다. 일요일인 오늘의 하루는 오랜 숙원 사업이었던 예지헌 뜰의 배수 라인 조성 작업이 진행되었습니다. 작업 이후 수없이 많은 작업 차량들이 퍽 고생 했습니다. 타이어가 흙 속에 빠져서 말입니다. 오랜 고민 끝에 최적의 방안을 찾아낸 뒤 선행되는 공정 진행 관계로 미뤄오던 작업이 이제 시작되었습니다.

　오늘 아침엔 취묵헌(醉墨軒) 가족 분들이 나들이 오셨습니다. 모두들 좋아하십니다. 일반적으로 생각되는 건물의 향(向)을 생각하다 보니 예지헌의 향에 대해 궁금해 하셔서, 건물의 배치에 대한 저의 생각(첫째, 남향배치조건 충족, 둘째, 이곳에 터를 누리고 살지 않았던 외지인(外地人)인 데다 건축 부지를 지나서 조성되어 있는 마을이기 때문에, 도로를 중심으로 하여 배치할경우 앞뜰이 지나치게 개방되어 사생활이 노출된다는 점 등을 말씀드리자 그제야 이해가 된다 하십니다.

　오후엔 이웃사촌께서 손자를 트랙터에 태우고 마실 오셨고, 해남 땅끝마을 슈바이처의 막내동생 되는 처자가 결혼을 약속한 든실한 청년을 동반하고 늙은 사람 응원하러 왔습니다. 서로가 맘이 선하고 꼭 만나야 될사람을 만난 것 같아 제가 즐거웠습니다.

　참, 어제 오후엔 너무 착해서 제 속을 자주 태웠던 아끼는 제자 '고세훈'이 무사히 귀환했습니다. 오늘은 차근차근 정직하게 건축을 배우고자 최선을 다하는 두 제자가 곁에 있어 행복합니다. 내일은 그동안 차근차근준비했던 대물림 집 5호 가(家)를 트라이앵글 곁에 서 있게 하기 위해 첫삽을 뜹니다. 기도 많~이 부탁합니다. 꾸벅~.

→ 예지헌이 자리 잡고 있는 땅은 물고기입니다!

　예지헌의 내부는 마지막 치장의 시간들로 분주했습니다. 도배작업과 벽난로 설치, 조명등 설치를 마쳤습니다. 예지헌이 자리 잡고 있는 땅은 물고기입니다!

　며칠 전 늦은 시각에 그동안 작업하면서 바쁘다는 핑계로 실감하지 못했던 예지헌 뜰을 곰곰이 다시 살펴보니, 머리에 떠오르는 모습이 영락없는 물고기 형상 그 자체였습니다. 유서 깊은 사찰에 가면 건물 한 편에 木魚(목어)가 걸려 있는 것을 볼 수 있습니다. 물고기는 잠잘 때도 눈을 감지 않기 때문에 늘 깨어 있으라는 의미로 해석된다고 합니다. 우연인가 필연인가는 더 지켜보고 난 후 결론 내리기로 맘먹었습니다. 예지헌 가족들이 지금처럼 늘 깨어 공부하는 가족으로 남아서 이 '물고기' 터를 누릴 수 있는 자격이 있는지를…. 암튼 부럽습니다, 좋은 터를 후손들에게 물려줄 수 있어서….

어제는 수년 전 제가 가장 소중하게 생각하는 '인연'에 의해 인연을 맺었던 이 시대의 참 학승(學僧)이신 보건(普建) 또는 미타원림(彌陀原林) 스님께서 우연히 제가 가끔 들르는, 독특하지만 '쿨'한 성격의 주인장이 버티고 있는 복사(copy) 전문점에 번역자료 편집 일로 들르셨다가, 그곳에서 제 소식을 듣고 이곳 예지헌 현장으로 한 걸음에 달려오셨습니다. 오랜 만의 해후였습니다. 제가 늘 생각하는 '만나야 될 사람은 꼭 만나게 된다.'는 것을 실감합니다.

현장을 떠날 수 없다고 늘 생각하고 지내는 답답한 사람 때문에 어쩔 수 없이 현장사무실에서 배달해 온 현장 점심으로 조촐하게 식사를 했습니다. 청도에서 그간 공부에 전념하다가 건강상의 이유로 이곳에 계시는 중이며, 향후 계획은 혼자만의 공부에 전념했던 시간들을 이젠 많은 사람들을 위해 가르침을 주는 시간들로 하겠다는 뜻을 표하시며 저보고 동참하라십니다. 참 다행이십니다. 이젠 욕하거나 핀잔하지 않겠습니다. 많이 공부하고서 남에게 가르쳐 주기 아까워서 그러냐고… ㅎㅎ.

전 이미 제 머리 속에 담고 있는 알량한 지식?이라도 다 퍼주고 사는 게 편하다고 느끼기에 그러하며, 머리에 별로 든 게 없기에 비우는 게 편하다고 생각되어서 그러는 것이지만…. .

예지헌의 뜰은 물고기 형상을 갖추기 위해 좋은 마사토와 물 배수가 빠른 골재로 옷을 갈아입고 있습니다.

　눈망울엔 선한 꿈과 뜻을 품고, 육신엔 열정을 품고 현장에서 열심히 달리시는 선생님…. 얼마 전 신경숙 씨의 글을 읽다가, 다음 생엔 목수로 태어나고 싶다는 말에서 선생님을 떠올렸습니다. 성실하고 자기 일을 사랑하고 사람을 보듬는 선생님 모습에서 느끼는 점이 많습니다. 다만 육신의 안녕도 좀 살피시어 그 뜻을 오래오래 펼치시길 바랍니다. 전화 잘 드리지 못해도 항상 감사하는 맘입니다.

RE : 늙은 사람 다시 찾아주니…

데레사 또는 화이부동(和而不同) 님!
늙었다고 소식 자주 전해주지 않는다고 일부러 놀렸지만, 이 땅의 선한 명의를 꿈꾸며 정진하고 있는 모습을 멀리서 봅니다. 천리안의 눈으로…. 내가 아닌 그 누구의 몸을 다스려 주는 사람은 자기 자신의 몸을 잘 관리해야 200살까지 쭉~ 선한 명의로 버틸 수 있습니다. 바람도 차가운데 늙은 친구 다시 찾아와 건강 걱정해 줘서 고마우이….

오늘 작업 땡!

　수많은 땀과 이야기를 담고 있던 예지헌이 70여 일 만에 달콤한 휴식의 잠을 취하고 있습니다. 쉿~, 조용조용! 하지만, 숨은 쉬세요! 오늘 작업 땡! 전기통신 준공검사 합격!

2010년 11월 6일 예지헌! 멋집니다(예지헌 한건옥)

　우와~, 예지헌 정말 멋집니다. 무에서 유를 창조해내시는 사장님! 사장님 손은 혹시 신의 손? 그동안 너무너무 고생 많이 하셨습니다. 늘 깨어있는 가족이 되겠습니다.

　　앉은 자리가 꽃자리니라…
　　앉은 자리가 꽃자리니라!
　　네가 시방 가시방석처럼 여기는 너의 앉은 그 자리가 바로 꽃자리니라.
　　　　　　　　　　　　　　　　　　　　-구상의 〈우음(偶吟) 2장〉 중에서-

　에잇, 그만두고 딴 데 갈까? 에잇, 치사하고 더러워서 못해 먹겠네. 에잇, 난 왜 이런 일만 할까? 이런 생각이 들 때마다 나를 번쩍 눈뜨게 만듭니다. 내 앉은 자리가 이 세상 가장 꽃자리일 거라며….

● 정리의 시간과 큰 숙제를 남기며…

　이제 며칠이 지나면 예지헌의 주인은 바뀝니다. 현재의 고약한 주인은 떠나고, 정감 있고 착한 분들이 예지헌 품안에서 새로운 시작을 하게 될 겁니다. 남은 기간 동안 전 주인으로서 그간 정들었던 예지헌에게 남은 사랑을 다 주고 떠나고자 합니다. 하지만 많은 것이 아쉽습니다. 그간 정들었던 이곳 이웃들과 작업 중 머릿속이 멍해질 때마다 걷던 예지헌 뜨락, 앞산 오솔길…. 해서, 하나 둘씩 정리의 시간들을 갖고자 합니다. 아쉬움을 한 줌만 가지고 떠날 수 있도록 최선을 다하고자 합니다. 예지헌의 전 주인으로서 새로운 화주(化主)께 예지헌을 넘겨주기 아깝고, 약 오르고, 샘나서…, 큰 숙제를 두 분께 남기고 떠나고자 합니다.

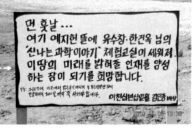

새 주인을 맞이하기 위한 대청소를 늘 보던 분들이 꼼꼼하게 열심히 하십니다. 그간 예지헌 뜰을 지켰던 베이스캠프가 오후에 5호가(가칭, 아직 당호[堂號] 없음) 신축 현장으로 떠났습니다. 비밀의 대형 사고를 남기고서요 (절대 비밀입니다. 통신선 연결 통신지주 설치 차량이 온 이유는 절대 모릅니다).

오늘밤 예지헌은 두 젊은 건축가들이 밤을 밝힐 겁니다. 예지헌 가족 분들이 입주하시기 전 사전점검과 본인들의 길고 긴 건축 공부 중 하나인 중요한 과정입니다. 그래서 제안을 했고, 오늘 현장에서 1일간의 거주를 위해 보따리를 가지고 왔습니다. 오늘밤 특별한 건축공부와 미래에 대한 수많은 고민들을 해결하는 시간들이 될 것이라고 생각합니다. 잘할 것입니다. 내일 이른 아침에 두 청년들의 얼굴을 보면 알게 되겠죠.

오늘 현장 사무소를 이설하기 위해 정리하다 보니, 지난여름 필요해서 준비해 놓았던 잡초 제거용 낫이 보여서 저보다 더 필요할 분이 생각나 드리기로 했습니다.

2010년 11년 13일 헌 주인 퇴장하고 새 주인 등극

2010년 11월 12일 12시 57분, 예지헌 헌 주인은 퇴장하고 새 주인이 예지헌의 품속으로 들어왔습니다. 헌 주인 등극 기간은 지난 8월 19일부터 11월 12일인 어제까지였습니다. 참으로 많은 일들이 있었고, 참 즐겁고 신났던 날들이었습니다.

어떤 이들이 제가 혹시 일에 중독된 거 아닌가 하는 이야기들을 제 귀에 들리지 않을 만큼 작은 소리로 했다는 걸 알지만, 여러 번 들어온 터라 괜찮습니다. 저 지극히 정상입니다. ㅎㅎ.

어젠 오기 좀 부려 봤습니다. 입주를 위해 이삿짐 운반하는 엑스프레스 차량을 굳게 닫은 예지헌의 대문 앞에 세워둔 채 통과시키지 않고, 새 주인 오실 때까지 기다리게 했습니다. 예지헌의 열쇠를 새 주인께 넘겨주기

전까지는 누가 뭐래도 제가 주인이니까요. 새 술은 새 술통에 담아야 하듯, 새 집 역시 새 주인이 먼저 문을 열어야 좋을 것 같아서요. 입주하신 예비 농부와 색시님께선 어제 밤 푹 주무셨다고 합니다. 전 요즘 눈꺼풀이 무거운데요. 머릿속이 지금보다 조금은 정리되면 그곳에 가려 합니다.

다시 시작하는 5호가 현장에서 꾸벅꾸벅 졸지 않으려고 부지런히 현장을 걸어 봅니다.

2010년 11년 15일 ─ 소중한 시간들의 정리와 새로운 당호 명명

지난 소중한 시간들을 정리해 보는 시간입니다. 이 밤도…. 예지헌 뜰은 맑은 바람에 날리는 낙엽 지는 소리를 들으며, 쏟아지는 별빛을 보며 곤한 잠을 자고 있겠지요. 예지헌 신축의 소중한 작업 시 촬영된 작업 내용 기록사진을 정리하는 중입니다. 훗날 후손들이 보게 될 예지헌의 잉태에서 출생까지의 이야기이지요. 정리되는 대로 예지헌에 가려 합니다. 소중한 자료 가지고서요.

오늘도 가칭 5호가(家) 신축현장 역시 모두들 분주합니다. 수일간 고민했던 5호가라는 가칭을 접고 당호(堂號)를 명명하고자 합니다. '모악재(母岳齋)'라고요. 오늘 화주(化主)께 모악재의 현관에서 모악산(母岳山) 정상과 풍수지리학 상의 안대(案對)가 일치하기에 "모악재라 함이 어떠신지요?" 하고 여쭈니 흔쾌히 "좋아요!" 하십니다.

참, 며칠 전 모악재 조경석 설치용으로 멀리서(충남 온양) 실어온 조경석들 중에 잘생긴 거북이 형상의 돌이 발견되어, 모악재 앞뜰에 당당히 앉혀 놓았습니다. 길조 맞지요? 아싸!

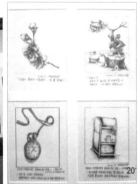

▲ 별빛 쏟아지는 오후　　　　▲ 춤추는 꽃　　　　　　▲ 우리들이 사는 세상

▲ 모악의 가을 201010

04 취묵헌(醉墨軒), 건축의 일상

취묵헌에는 봄빛 스치는 녹차 향과 먹 향기 나는 가족이 삽니다.

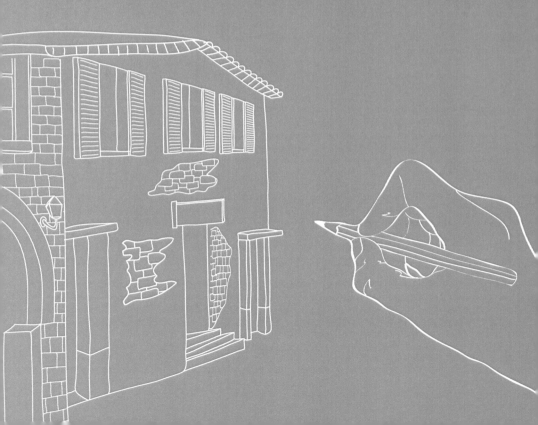

가을의 정취를 트라이앵글에서 만끽합니다

　어느덧 11월의 시작입니다. 새벽녘부터 내리던 비는 아침 10시경에 멎었습니다. 풍경재 곁을 굳건히 지키고 있던 현장 사무소를 취묵헌 작업장 곁으로 옮겨왔습니다. 집을 통째로…. 이제 현장 사무소는 심슨(Simpson) 가(家), 풍경재(風景齋), 취묵헌(醉墨軒)의 트라이앵글 정중앙에 자리하고 있습니다.

　오늘은 풍경재 가족 분들이 입주 후 처음으로 맞이하는 일요일입니다. 아마도 지난 며칠 동안 이삿짐 정리 관계로 무척 힘드셨으리라 생각됩니다. 옆에 보이는 심슨 가 내외분들은 비온 후의 가을정취를 만끽하며 정원에 유실수를 옮겨 심으시고, 풍경재 두 자녀들(김성언, 김영훈)은 어느새 심슨 가 두 아들들(심동민, 심동준)에게 놀러와 즐거운 오후를 보내고 있군요. 풍경재의 안주인께서는 뒤늦게 심슨 가에 찾아와 심슨 가 안주인과 담소를 나누고, 현장의 김마담은 비 내린 일요일 오후에 작업자들에게 눈 오고 추운 겨울날 끓여 줄 모과차 담기를 하고, 또 시간 나면 책 보고, 시간 나면 현장 작업자 커피 타주고, 시간 나면 작업 내용 체크하여 조정해 주고, 아이들 불러 아이스크림 나누어 주고….

　이제 겨울이 시작되나 봅니다. 모든 '님'들 내일부터 몹시 기온이 내려간

다네요. 건강 조심 하시고(특히 신종 플루), 제가 늘 하는 말, "힘들어도 힘내!" 잊지 않으셨으면 합니다.

2009년 11월 22일 → 명물의 하루는 유난히 길기만 합니다

깊어가는 겨울의 일요일 오후입니다. 현장의 모든 작업이 종료된 후 다른 일 하지 않고 모처럼 집에 일찍 들어왔습니다. 그동안 모든 분들의 도움으로 순조롭게 취묵헌의 모습이 드러나고 있다는 생각이 듭니다. 취묵헌의 겉옷인 치장벽돌이 여러 가지 우여곡절 끝에 현장에 도착하여, 어느덧 1층의 바지는 입혀졌고 2층의 상의를 입히기 시작했습니다. 이번 취묵헌의 작업도 예외 없이 조적의 '달인분'들이 참여하셨습니다. 제가 참 복이 많은 사람인 듯싶습니다. 두 분이 아옹다옹하시며 작업하시는 모습에 하루가 쉬이 지나갑니다.

어제 토요일(21일)과 오늘 이틀 동안 지인의 아들인, 총명하고 배짱 좋은 명물 고3(근호) 녀석이 이번 수능 마치고 생애 처음으로 소위 '알바'를 하러 왔습니다. 지인의 보물인 아들이지만, 지인께서 빡세게 고생 좀 시키라고 당부하셨는데, 제가 평소 아들처럼 여기는 녀석이라서 적당히 굴려 주고 세상사에 대한 잔소리 좀 하면서 주말을 보냈습니다. 지난 8월 6일 풍경재의 작업이 시작된 후 취묵헌의 오늘까지 하루도 현장을 떠날 수 없어 답답하기도 했었는데, 그 친구가 곁에 잠시 있어서 온종일 잊고 즐거운 상상과 활력을 되찾을 수 있었습니다.

다음 주 중엔 치장벽돌 쌓기가 완료되면 창문이 설치되고, 지붕이 완성되고, 내장 작업이 실시될 거고…. 더욱더 이 겨울도 깊어 가면 취묵헌도 여러 겹의 옷을 입겠지요. 여러분들도 감기 조심하시고, 사랑 많이 나누는 겨울 되시기를 희망합니다.

▲ 명물(근호) 알바 점심후 잠깐 휴식

▲ 수능마친 명물 고3 생애 처음으로 알바하다

▲ 명물(근호) 고3 알바 일당 외 보너스

2009년 11월 24일 ── 마당 뜰 노릇도 좋고, 스승님과의 만남도 좋습니다

취묵헌(醉墨軒) 신축 현장의 사무실은 늘 분주합니다. 많은 분들이 이런 저런 이유로 많이 찾아오십니다. 어제는 땅끝마을 해남 땅 슈바이처의 사랑스런 여동생과 누나 그리고 씩씩한 청년이 활짝 웃으며 찾아왔고요. 지난해 슈바이처의 착한 여동생은 저와 지인의 소개로 당당하고 배려심 많은 약간 늙은 청년을 만났습니다(물론 본인도 약간 늙었지요, ㅎㅎ). 그동안 저의 감언이설에 좋은 만남을 가졌고, 이제 많은 이들의 축복 속에서 한 가

정을 이루고자 합니다. 어찌하다 보니 지난 11월 15일에 가족 분들의 상견례를 하게 했고, 결국은 결혼일자 택일하는 중책까지 맡게 됐습니다. 그래서 일방적으로 금년 12월 25일로 정했노라고 말했더니, 그에 따르겠다고 하더군요.

▲ 노르웨이 베르겐의 겨울 풍경

오늘은 많은 분들이 그동안 몹시 궁금해 하던 분께서 잠수하시다가 드디어 수면 위로 올라오셨습니다. 제가 지난 번 심슨(Simpson) 가 신축공사 시 수십 년 만에 해후하게 된 저의 중학교 2학년 때 담임선생님이시자 수학 과목을 가르치셨던 선생님께서요. 늘 못난 제자 바쁘다고 생각해서 현장 주변 먼발치에서만 지켜보다가 돌아가시던 분께서 잘 읽은 홍시 감을 가지고 오셨습니다. 금년 마지막으로 수확했으니 먹으라고요…. 받는 순간 울~컥 했습니다. 여러분에게도 이런 스승님 있으신가요?

행복한 오늘밤엔 노르웨이 서남부 해안에 자리한 베르겐 마을의 풍경을 꿈꿀 것 같습니다. 노르웨이의 예전의 수도였으며(현재는 오슬로) 지금은 피오르드 관광의 기점으로 통하지요. 유네스코 세계 문화유산으로 등재된 베리겐(Bryggen) 지구를 비롯해 풍부한 중세 문화유산이 보존되어 있어요. 중세 북유럽 상인들이 생활했던 브리겐 지구의 목조 건축물들은 현재 예술가들의 작업실과 갤러리, 레스토랑과 기념품점으로 이용되기도 한답니다. 여러분은 어떤 꿈을 꾸실 건가요?

중2때 담임선생님께서 취묵헌 건축현장에 방문. ▶
60대 처럼 보이시는 당년 75세의 미남청년

모두들 많이 보고 싶을 겁니다

오랫동안 글을 쓸 수 없었습니다. 이
른 아침부터 늦은 시각까지 취묵헌 건
축에 참여하는 모든 분들과 함께 취묵
헌을 정돈하는 시간입니다. 며칠 전부
터 이곳 취묵헌의 대지와 조경수 위로
눈이 내리고 있습니다. 눈 때문에 다
소 불편하기도 하지만 참을 만합니다.

어제 부로 현장에서는 망치소리가
멎었습니다. 10월 9일 첫 삽을 뜬 이
후 단 하루도 쉬지 않고 계속되었던
취묵헌 건축 작업이 12월 23일에 종료

되고, 24일 성탄절을 맞이하여 입주 청소를 하게 됩니다. 사람들은 저보
고 철인 또는 철인 28호라고 합니다만, 실은 여리고 연약합니다. ㅎㅎ.

그동안 많은 작업자 분들과 이곳에 찾아오시는 분들과 많은 정을 나누
었는데, 이제 얼마만큼의 시간이 지나가면 이곳의 현장을 떠나게 됩니다.
매번 그러하지만, 많이 모두들 보고 싶을 겁니다.

2010년 1월 5일 쉴 때 되면 쉬겠지요

취묵헌은 연일 눈꽃세상입니다. 취묵헌 가족분들은 지난 1월 4일 입주
했습니다. 어제 오늘, 내부 정리로 분주한 시간들이었습니다. 행복한 모습
입니다. 저희는 이곳을 떠날 준비를 하고…. 아쉬워서 자꾸 뒤를 돌아봅
니다. 늘…, 그럽니다. 이젠 제발 좀 쉬랍니다. 쉴 때 되면 쉬겠지요.

→ 취묵헌(醉墨軒)에서
호(號)와 술(酒)과 사람(人)에 취하다

　　며칠 전엔 취묵헌 가족분인 광주 대각사 주지 스님이신 퇴허자(退虛子) 님께서 부족한 사람에게 과분하게도 '일관(一觀)'이라는 호(號)를 내려주서서, 그 호에 취했습니다. 어젠 취묵헌에서 초대하서서 지인들과 함께 저녁식사를 했습니다. 정성스런 음식과 취묵헌에서 소장하고 계시던 술들 중 가장 향이 깊은 걸로 권하시기에 피할 수 없어서, 그동안 약 12년 정도 쉬고 있던 술을 접했습니다. 기분 좋게, 좋은 분들과 대취하고 싶어서요.

→ 인연을 생각하며…

　　요즘의 날들은 정돈하는 시간들입니다. 인연을 생각합니다. 해서, 법정 스님의 『인연이야기』도 다시 읽고, 최근에 출간된 최인호 작가의 『인연』을 읽었습니다. 최 작가의 글 중에서 "나와 당신 사이에 인연의 강이 흐른다." "인연이란 사람이 관계와 나누는 무늬다." "우리는 모두 우리가 나누는 인연의 관객이다."라는 문구가 떠오릅니다. 지난 시간들 속에서 저와 많은 분들과의 인연을 생각하며 반성해 봅니다.

용서란 요란한 깨달음의 팡파르와 함께 싹트는 것이 아니라 고통이 소지품들을 모아서

짐을 꾸린 다음 한밤중에 예고 없이 조용히 떠나갈 때 함께 싹 트는 것이 아닐까요?

-연을 쫓는 아이 중에서-

우연히 다시 들렀네요. 좋은 집 구경 하고 갑니다.

인연의 강물은 계속 흐르나 봅니다.

2년 전 살며시 다녀가시면서 좋은 글 남겨 주신 걸 기억 합니다.

더운 여름 건강하시길 기원합니다.

이젠 뉘신지 밝혀도 될 것 같은데...

05

그곳에
수채화 같은
건축을 꿈꾸며

풍경재에는 순박함과 사랑이 강물처럼 흐릅니다.

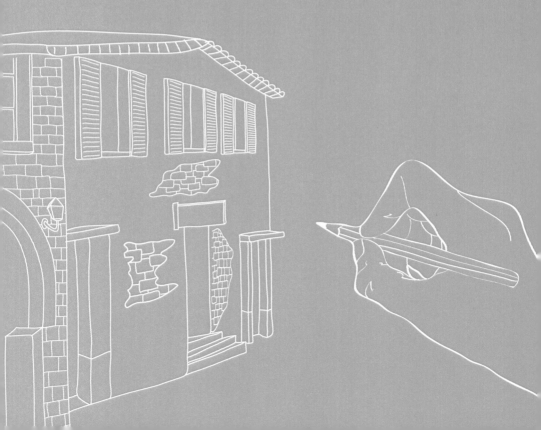

→ 건축은 거대한 오케스트라의 연주입니다

건축과 자연이 만나는 경계선을 수
채화를 그리듯 여러 번 물로 지우고
덧칠하면서 서서히 물감의 켜로써 그
려내고 싶습니다. 건축이란 매우 많은
일들이 유기적으로 얽혀 있는 복잡한
일이기에, 많은 연주가들로 구성된 오

케스트라가 지휘자 한 사람에 의해서 좋은 음악을 만들어 내듯이, 건축
역시 그 전 과정의 모든 작업을 조율해 줄 사람이 필요한 것 같습니다.

작년 심슨 가 대물림 주택 신축 작업을 마치고 말씀드렸던 대로, 밀린
강의 하면서 착한 학생들과 즐겁게 보냈습니다. 적어도 지난 한달 전까
진…. 거기까지가 제 복인가 봅니다. 이제 다시 그곳에 수채화 같은 건축
을 꿈꾸며 서 있습니다. 사실 떨고 있는 저를 봅니다. 한 특정한 단지 속
에서의 두 번째 작업…. 심적인 부담이 계속 되는걸 피할 수 없어 그냥 즐
기기로 맘먹었습니다. 착한 심성을 가진 가족의 집이기에….

이젠 착공 준비가 어느 정도는 이루어진 것 같습니다. 며칠 전 각 작업
팀 합동 공정회의도 마쳤고, 오늘부터 그동안의 힘겨움에서 벗어나 착공
전 휴식을 취할 수 있도록 휴가를 다녀오라고 했습니다. 제 주변에선 이
번 작업기간 동안 역시도 그곳에서 두문불출할 게 빠하다고 생각해서 그
런지, 혼자 어디 여행이라도 다녀오라고 합니다. 해서, 제주 올레코스나 갔
다 올까 했는데, 그것마저도 못 하고….

오늘은 건축부지에 들러 자라 있는 풀들을 베고 왔습니다. 제 머리 깍
은 것같이 시원합니다.

지금 창밖엔 스콜 성 비가 시원하게 내리고 있습니다. 키 작으니 비 맞
으러 갈까나~!

첫 만남은 항상 오로라 같습니다. 며칠 동안 어디로도 달아나지도 못하고 수많은 생각을 했더니 머리가 아픕니다. 조금 전 서점에 들러 코맥 매카시의 『ROAD』, 법정 스님의 『인연 이야기』, 황영태 님의 『풀이 받은 상처는 향기가 된다』, 이명옥의 『나는 오늘 고흐의 구두를 신는다』 등을 안고 나왔습니다.

비가 내립니다. 비가 좋아서 고민은 잠시 미루어 놓고 바람 쐬러 갑니다.

"업자가 되지는 마세요."

"네."

여름이 결국은 떠날 채비를 이렇게 하나 봅니다. 아침저녁으론 제법 선선합니다. 하지만 오후의 현장은 아직도 불볕입니다.

예정대로 여러분들의 진심어린 기도 속에서 8월 6일 착공하여 어느덧 골조 공사의 7부 능선(기초, 1층 골조, 2층 바닥)을 걷고 있습니다. 착공 이후 그동안 수없는 생각과 검토를 거듭하면서 당초의 건축계획을 보완, 수정하며 늘 즐거운 상상만 하면서 즐겁게 작업하고 있습니다. 이른 아침부터 저

넉까지 이곳을 잘 지키고 있습니다.

그러다 보니 이곳저곳에서 저를 응원하고 계시던 분들이 현장의 은둔자를 보러 멀리서도 찾아옵니다. 역시 전 복이 많은 사람인가 봅니다. 늘 보고 싶었던 그리운 사람들, 인연의 소중함을 같이 했던 늙은 제자들, 저의 공부타령을 들어야 했던 젊은 제자들, 제가 지치지 않을까 늘 걱정하는 마음으로 찾아오시는 건축주 가족 분들(풍경재 김성언 공주님은 늘 현장 사무소에 다녀간 흔적을 남겨 놓고 감), 그리고 저만치 보이는 심슨 가 가족들(제가 굶고 있을 것 같아서인지 자주 먹을 것을 가지고 놀러 옵니다). 어젠 마침 방학 끝이라서 젊은 친구(심슨 가 심동민, 동준)들하고 소풍 나온 사람들처럼 도시락 주문해서 점심 같이했습니다.

모두 고맙습니다! 모든 님들…, 날마다 수채화 같고 행진곡 같고 포크댄스 같은 날들이 누에고치 실처럼 끝없이 이어지길 바라는 마음 전하고 싶습니다.

그동안의 작업내용 아래와 같습니다. 덥다고 땡땡이치지는 않았습니다. 현장 사무실 벽에 잘 걸려 있는, 사랑했지만 이젠 뵐 수 없는 아버님의 유품인 모자가 절 잘 지켜 주고 있고, 처음 건축에 입문했을 때부터 제 허리춤에 매여 있는 낡은 공구 주머니가 버티고 있기에….

8월 6일   터파기, 버림 콘크리트 타설.
8월 7~8일   푸팅 철근 배근, 설비배관, 거푸집 조립, 콘크리트 타설, 현장 사무소 이설.
8월 9일   기초 거푸집 조립.
8월 10일   기초 콘크리트 타설.
8월11~14일   기초 콘크리트 양생.
8월 15일   기초 되메우기 작업, 전기설비 배관, 철근 배근작업.
8월 16일   1층 바닥 철근 배근, 전기 배관, 거푸집 조립.
8월 17일   1층 바닥 콘크리트 타설.
8월 18일   1층 골조 먹매김 작업, 하수관로 작업.
8월 19일   1층 철근 배근, 전기배관 작업. 중 2 담임선생님 방문(복숭아 2개).
8월 20일   1층 거푸집 조립, 설비 배관, 현관 철근 배근, 콘크리트 타설.

8월 21일	1층 거푸집 조립, 철근 배근작업.
8월 22일	1층 거푸집 조립, 철근 배근작업.
8월 23일	1층 거푸집 조립, 철근 배근. 전기배관 작업, 비계 설치.
8월 24일	1층 거푸집 조립, 철근 배근, 전기배관, 설비배관 작업, 콘크리트 타설.
8월 25일	1층 거푸집 해체, 2층 골조 먹매김 작업.
8월 26일	2층 옹벽 철근 배근작업, 전기배관 작업.

이상입니다. 아, 졸리네요. 근데요, 졸리면서도 갑자기 "꽃이 피는 건 힘들어도 지는 건 잠깐이더군. 골고루 쳐다볼 틈도 없이, 님 한번 생각할 틈 없이 아주 잠깐이더군." 이 말이 생각나는 건 어인 까닭인지 모르겠습니다.

 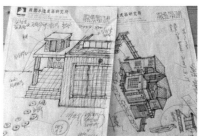

2009년 8월 27일 ━● 산다는 것은 어려움이 지나간다는
사실을 믿는 일입니다

모처럼 비가 옵니다. 해서, 현장에 긴급하게 작업해야 할 최소한의 인원만 남아서 잠깐의 작업을 마치고 떠났습니다. 택지가 조성된 지 얼마 지나지 않아 인접 대지엔 아직 건물이 세워진 게 없어서 마치 새 떠난 숲속처럼 조용합니다. 현장 사무소 창으로 보이는 비와 바람에 흔들거리는 풀들의 초록빛 출렁거림을 볼 수 있어 맘까지 편안합니다. 실로 오랜만에 느껴보는지도 모를 충만감입니다.

구름이 다가오고 바람이 불다가 비가 옵니다. 비가 그치고 바람이 잦아들고 구름이 걷힙니다. 하늘이 높아지고 산들이 가까워지고, 얼굴이 밝아집니다. 우리는 "비가 언제 그칠까?" 하고 염려하지 않습니다. 바람이 언제 잦아들까, 구름이 어느 하늘로부터 걷힐까 의심하거나 염려하지 않습니다. 비를 맞고, 우산을 쓰고, 갈 길을 가는 사이에 비는 그치고 밤은 멎습니다.

우리가 산다는 것은 어려움이 지나간다는 사실을 믿는 일입니다. 어려움을 알고, 그것을 이해하고, 그것을 받아들이고, 그것을 사랑하다 보면, 언젠가는 기쁨의 세계에 도착하리라는 사실을 의심하지 않으려고 애쓰는 일인 것 같습니다.

자꾸 이번 작업에 또다시 욕심을 부리는 저를 봅니다. 주변의 걱정의 눈초리를 느낍니다. 하지만 건축의 즐거움을 누릴 수 있는 마지막 작업일지도 모른다는 생각 지우지 않기로 했습니다.

2009년 9월 8일 ▶ 녹차는 봄빛이 언뜻 스쳐간 맛을 내야 한다고 하는데, 맞나요?

이른 아침 가을을 느낍니다. 계속되는 작업의 힘거움에도 늘 웃는 얼굴로 만나는 고마운 사람들. 자칭 타칭 결국은 1715-9 동네슈퍼 주인이 되어버린 저는 요즘 이른 아침 차가운 커피 대신 따뜻한 커피를 끓여 주는 늙은 김마담은 투잡을 하고 있습니다. 경기도 어려우니…. ㅎㅎ.

현장에서 휴식 시간엔 가끔은 농담도 해야 합니다. 며칠 전 어느 분이 TV에서 병뚜껑과 알루미늄 캔 따개 고리를 수집하여 몇 가마니 모아 두는 사람을 보았다면서 도무지 이해할 수 없다고 하더군요. 그 곁에 있던 제가 아마도 그분은 전생에 사람이 아닌 오프너였던 것 같다고 했습니다. 그 뒤 상황은 여러분의 상상에 맡기겠습니다.

어제는 한 달여 동안 준비했던 중간고사 시험일이었습니다. 늘 새로운 작업은 건축에 처음 접했던 심정 그대로인 것 같습니다. 아마도 제가 새 가슴이라서 그런지 모르겠습니다. 녹차를 처음 달이는 사람은 그 맛을 전혀 종잡을 수 없다고 합니다. 간발의 차이에 의해서 맛이 달라지는 까다로움이 있기에요. 제가 아는 어떤 도사 분은 늘 '녹차는 봄빛이 언뜻 스쳐 간 맛을 내어야 한다.'고 하지만, 그런 맛을 내기란 몹시 어려운 일인 듯싶습니다. 조금만 늦어도 생밤 속껍질 우려낸 맛이 나고, 조금만 일러도 밍숭맹숭한 맛이니…. 해서, 그간 차근차근 진행했습니다. 아침 7시경부터 시작된 2층 벽체와 지붕의 일체형 콘크리트 타설은 점심 경에 마무리되었습니다.

중간고사 시험 중간 쉬는 시간에 늘 격려해 주시는 건축주 가족 분들에게 "많은 분들의 도움으로 중간고사 시험 중이며, 좋은 결과 나올 수 있도록 최선을 다하겠다." 라는 문자 메시지를 보내자, 저의 80세 노모님과 이름이 같으신 희정 님께서 "선생님도 시험 걱정하시나요? 늘 좋은 결과 나오리라고만 생각하고 있어요. 홧팅!"이라는 답신을 주셨습니다. 그 말씀에 힘도 되었지만, 솔직히 걱정도 되더군요.

급경사의 지붕 위에 발바닥 겨우 붙이고 올라서기조차 힘드니…. 당초 계획안에서 상당 부분 보완, 수정이 거듭되었고, 골조 최종 부분인 지붕 형태와 구조 및 지붕 각에서 보다 더 욕심을 내다 보니 결국 작업이 복잡해졌고, 여러 사람들을 또다시 힘들게 했습니다.

고맙습니다. 미안합니다. 저의 욕심을 다 받아 주신 분들.

오늘은 시험 성적표를 받아 들고 펼쳐 보고 있는 중입니다. 걱정은 기우였었습니다.

해서, 내친 김에 또다시 지붕에 방수 미장을 마저 시작했습니다. 기왕이면 꽃단장하고 싶어서요. 참으로 행복합니다. 곁에 좋은 분들과 늘 함께 할 수 있어서⋯. 그리고 그동안 단 한 번의 믿음도 잃지 않고 고군분투하는 젊은 제자 고세훈⋯, 존경 받는 건축가로 성장하길 다시 한 번 더 말하고 싶다.

 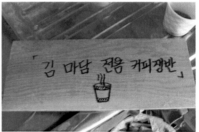

2009년 9월 10일 풍경재의 중간고사를 마치고 (제자 고세훈)

제가 알고 있는 처음 시작은 심슨 가(家) 옆 작업장에서 한창 우체통 형 쌀통을 만들고 있을 때, 건축주 가족 분들을 처음 만나는 것을 시작으로 하여 이제 그분들의 새로운 주택의 지붕에 콘크리트 타설 작업을 마치게 되었습니다. 그 첫날부터 현재까지를 위의 한 문장으로 표현할 수 있을지는 몰라도, 그동안 제가 보고 느끼고 생각하도록 한 내용들은 A4용지 2장으로도 부족할 것 같습니다.

첫 번째는 철저한 준비가 있었습니다.

내일, 다음주, 다음달, 내년까지도 미리 모든 상황에 대해서 예상하고 대비하여 모든 과정을 물 흐르듯 흘러가게 해야 합니다. 건축주, 시공 팀 등의 만남도 미리 대비하여 준비하면 서로 만족할 수 있는 대화를 나눌 수 있고, 현장에서의 작업도 전날 계획한 스케줄로 아침 시작부터 순조롭게 출발하여 끝낼 수 있도록 하며, 항상 머릿속에 공정이 순환되는 것을 숙지하여 작업의 변경되는 사항 등을 미리 체크하면, 공정이 늦어지거나 되풀이되는 상황이 없을 것입니다.

두 번째는 작업자들의 최대의 편의를 제공하여 작업에 열중하도록 유도하는 것입니다. 작업자들이 작업 외의 일들을 신경 쓰지 않도록 최대한의 협조를 해야 합니다. 안전을 위한 현장 정리, 지친 작업자들을 위한 음료 제공, 기타 분쟁 해결과 현장 분위기 조정, 작업이 되풀이되지 않도록 하는 철저한 작업 계획으로 도움을 줄 수 있었습니다. 또한 나 자신 스스로 행동하여 작업자들이 작업에 더욱더 몰입할 수 있도록 해야 합니다. 현장에 제일 먼저 출근하여 작업자들을 맞이하고, 작업 모습을 예의 주시하는 등, 기타 작은 일이라도 먼저 행동하지 않고 오직 말로써만의 지시는 좋은 결과를 얻지 못할 것입니다.

세 번째로는 눈에 보이는 문제나 개선점을 놓치지 않고 해결하는 것입니다. 수도 계량기의 위치부터 개구부의 위치, 현재 어린 자녀들이 쓰던 방이 훗날 출가 후 다른 방으로 사용되는 것까지 고려한 콘센트의 위치, 다음 세대까지 생각한 2층 내부 인테리어 계획 등, 기타 수많은 점들은 정말 건축물의 가치를 무한으로 올려주는 것들인 것 같습니다.

네 번째로는 후 공정을 생각한 현 공정입니다. 현장에 관계되는 모든 인원들이 알고 있었던 건축현장 착공일은 8월 6일. 하지만 실질적인 착공일은 7월 31일 부지 잡초 제거로 시작되었습니다. 여러 시공 팀 및 관계자 분들이 건축 부지 확인 차 방문하기 전인 착공 6일 전에 교수님께서 먼저 하셨던 잡초 제거 작업은 단순한 작업이 아니라 구겨진 스케치북에 그림을 그리는 것과 깨끗하고 구김 없는 새 스케치북에 그림을 그리는 것의 차이 때문일 것입니다. 시작 전 모두의 마음가짐을 바로 잡을 수 있는 작업이었습니다.

또한 본 건축의 총 책임자로서 직접 작업 후 대지의 상태 확인이나 건축 구상에 도움을 줄 수 있었습니다. 결국 이 작업은 단순한 잡초 제거가 아닌, 마지막 완공까지의 작업을 위한 것이었습니다. 현재 어떠한 작업이든 마지막 작업은 물론 완공 후 사용되는 것까지 고려한다면 좋은 결과물을 얻을 수 있을 것입니다.

다섯 번째로는 완공된 후의 작업입니다. 이미 완공이 되었더라도 후에 기타 요소들로 인하여 문제점이 발견되거나 보완 사항이 있다면, 처리되어야 합니다. 그것이 그 집의 건축주에게도 좋은 점이 될 수 있으며, 후에 다른 건축을 위해 도움이 될 만한 일이 될 거라고 생각합니다.

열심히 일한 노력의 대가를 취해야 되는 일이기는 하지만, 그것이 주가 되면 안 된다고 생각합니다. 현재 건축 작업은 그 다음을 위한 건축 작업을 위함이고, 그 다음 계속 반복으로 100% 완성도를 위해 작업해야 될 것 같습니다.

현장에서 항상 바라다 보이는 심슨 가(家)의 첫돌이 되었습니다. 준공 후 계속 살아 숨쉬는 집은 항상 현재 진행형입니다. 가족 분들의 집에 대한 애정은 결국 되돌아오는 것이며, 평생 같이할 친구처럼 대한다면 가족 분들이 원하는 동안 그 집은 영원히 곁에 있을 것입니다.

이런 생각 속에 보완 작업을 며칠의 기간 동안 하면서 드디어 첫돌 기념 색동옷이 입혀졌습니다. 교수님의 마음이 한결 편하고 가벼워지신 모습을 보면서, 건축에 대해 책임감과 더불어 집을 진정으로 생각하고 아끼는 것에 대해 다시 한 번 생각해 보게 되었습니다.

마지막으로 좋은 집은 결국 좋은 사람들이 만들고 좋은 사람들이 그곳에서 살아간다고 생각합니다. 모든 것에 적용되는 믿음과 신뢰가 건축에 있어서도 가장 중요하다고 생각합니다. 시공 팀과의 관계, 건축주와의 관계, 여러 업체들과의 관계 속에 믿음과 신뢰가 없다면 문제가 없다고 할 수 없을 것입니다.

'서부 신시가지 전원주택 단지'라는 곳에서 만난 많은 분들, 자신의 기술에 자부심을 가지고 일하는 시공 팀들, 현장 진행에 차질 없이 일하시는 여러 업체 분들, 예상치 못한 문제들에 도움 주시는 관계자 분들, 현장에 방문에 응원해 주시는 분들, 현장의 상황보다 건강 먼저 걱정해 주시고 응원해 주시는 건축주 가족 분들, 항상 따뜻하게 대해 주시고 마음씨 좋으신 심슨 가 가족 분들, 이런 관계 속에서 작업 결과는 더욱 좋을 것입니다.

올해 4월 건축 현장에 입문하여, 아직은 완성되지 않은 흩어진 퍼즐처럼 해야 될 것들과 생각해야 할 것, 알아야 할 것들이 너무 많은 상태입니다. 건축가가 되기 위해 열심히 달려야 한다는 것에 대해 끝은 없다고 생각하며, 많이 부족한 만큼 열심히 하겠습니다.

교수님과의 처음 만남부터 현재까지 모든 것들에 대해 정말 감사드립니다. 건축 공부로 배움이 시작되었지만, 그 속에서 타인에 대한 배려나 인연의 소중함을 실제 행하시는 모습을 보면서, 여태 사람이 다 내 마음 같지 않다고 생각하며 타인과 같이 행동했던 저의 생각을 깨고, 더 많고 큰 다른 무엇인가가 있다는 것을 많이 깨닫고 있습니다.

다시 한 번 감사드리며, 요즘 여러 가지의 주변 일들에 대해 신경이 많이 쓰이는 점들 잘 해결되어서 건축 작업 및 다른 일들도 항상 신바람 나게 하셨으면 좋겠습니다.

2009년 9월 10일, 제자 고세훈

작업 현장과 접하고 있는 사회복지 시설 임시 거주 공간(금년 10월경에 신축 건물로 이주 계획) 담장에 어느덧 코스모스, 황국, 해바라기가 하나 둘씩 꽃망울을 터트리고 있습니다. 오래 전부터 작업하면서 골조공사 완료 시 마감 공정을 위하여 출입문을 굳게 봉한 후, 오로지 작업자만의 공간으로 만들어 작업의 효율을 극대화시킬 수 있다고 믿으며 시행하고 있는 '봉인식'을 마쳤습니다. 며칠 동안의 골조 보완작업의 일환으로 시작된 지붕 라인 재조정 및 철저한 방수를 위한 작업들이 제가 지쳐갈 무렵인 오늘 오후에 마쳐졌습니다. 많은 조바심과 작업자들의 안전 때문에 온종일 지붕에서 눈을 뗄 수 없게 되었습니다. 모든 역사는 승리자의 몫이란 말이 생각나는 밤입니다. 너무들 고생하셨습니다.

요즘 가끔은 제가 다른 사람들과 사고가 다르고 인연의 소중함으로 시작된 건축을 하고자 하기 때문에 여러 사람 힘들게 하고 있지 않나 하는 생각을 해봅니다. 하지만 건축현장에서 물러나서 자연인으로 돌아가는 날까진….

내일의 작업을 위하여 자재 반입 등 늦은 오후의 현장은 마치 전쟁터처럼 다들 바빴습니다. '봉인' 후 모든 작업이 완료되면 이사 시점까지 이 집엔 작업자 외에는 어느 누구도 내부에 출입할 수 없음을 불문율로 적용하고 있다는 사실을 저를 아는 분들은 잘 압니다. 또한 제가 성질이 못됐다는 걸 아는 사람들이 이젠 많아서인지 어기는 사람이 아직까진 없는 것 같습니다.

하지만 오늘 작업을 마칠 무렵 찾아오신 건축주 가족 분께 최대한의 예우로 내부 공개와 대략적인 마감 구상 내용, 당초 계획에서 변경된 부분을 설명하는 시간을 가졌습니다. 어떠한 조건 없이 제 마음대로 추가된 부분(2층 다락방)의 작업에 대해서는 추가적인 비용을 요구하지 않는 대신에 건축주 어린 자녀(김성언, 김영훈)의 중간고사 성적을 전 과목 평균 95점 이상 취득하는 것을 담보로 하여 해주겠다고 엄포를 놓았습니다. 손도장에다 복사까지 하고…. 저 이런 사람입니다. ㅎㅎ.

설명 도중에 공사 완료 후 입주 하는 날 공개 예정인 비밀 작업 한 개 정도는 남겨 두어야 될 것 같아 다 설명하지는 않았습니다. 오늘도 중 2때 담임선생님께서는 저 몰래 비둘기 색 차를 타고 제가 바쁜 줄 아시고 현장 앞을 그냥 지나가십니다. 선생님 맘 제가 알고 있습니다. 그리고 오늘도 심슨 가 두 분들은 빨갛게 익은 사과를 들고 오셨습니다. 한동네 이웃집에 마실 오신 것처럼….

내일은 가을이 깊어질 것 같습니다. 감기 조심하세요. 저도 그러겠습니다.

2009년 9월 13일 ➞ *저는 복 있는 사람입니다*

깊어 가는 가을을 피부로 느꼈던 일요일입니다. 중간고사를 마친 일요일이어서인지 평일보다 현장은 조용한 편입니다. '봉인'된 내부에선 얼굴에 세월의 흔적을 담고 있는 나이 드신 설비배관 작업 인원들만 작업을 합니다. 건축에서 중요치 않은 공정은 없지만, 그 중 흐르는 세월 속에서 나이 듦을 가장 잘 티내는 공정은 설비배관이라는 생각이 듭니다. 해서, 늘 작업 공정을 꼼꼼히 살펴보고 작업자들에게 특별히 당부합니다. 더욱더 세심한 작업을….

오늘은 큰맘 먹고 예정된 건축주 분이 현재 거주하고 있는 집에 방문을 했습니다. 짧은 시간이었지만 반겨 주시는 분들과 맛있는 커피를 마시며 이런 저런 얘기하다 현장으로 돌아왔습니다. 실은 현재 보유하고 계시는 가구와 가전 제품 등을 살펴보고 새 집에 놓일 비품 등의 불용 여부를 상의하러 간 것입니다. 어차피 이번 작업 완료 후 이사 및 가구 배치까지 제가 감당할 일이었기에 당연히 예정된 수순이었습니다.

돌아와 보니 제가 복 많은 사람임을 새삼 느끼게 해준 분이 작업을 시작하고 있었습니다. 다름 아닌 외부마감 공정인 치장벽돌 조적 작업을 하러 오신 그 유명한 윤근호 사장이라는 분입니다. 그동안 30년 이상을 작업하면서 수십 명의 작업자를 현장에서 진두지휘하다가, 여러 가지 일신상의 이유로 작업 일선에서 은퇴를 선언하고 쉬고 계시는 분입니다. 그런데 저의 골치 아픈 간곡한 부탁으로 소위 복귀전을 우리 현장에서 하기로 하여, 오늘 오후 현장에 도착, 내일부터 시작되는 본격적인 작업을 위해 사전 작업을 하고 계셨습니다. 말로만 듣던 솜씨를 제 현장에서 직접 볼 수 있는 행운까지 얻었으니….

친구는 역시 같더군요. 친구 찾아 어여쁜 색시와 함께 온 고세훈 군의 친구인 김정훈 군. 성실하고 후덕한 사업가로 성장할 미래의 모습을 미리 봤습니다.

해가 지는 가을 하늘, 아름다웠습니다. 해서, 힘들지 않았습니다. 저의 어깨가 처질 기회를 주지 않습니다. 맘 따뜻한 분들이 곁에 늘 계시니….

심슨 가 가족 분들 며칠 전 빨간 사과 몇 개 들고 마실 오시더니, 급기야는 사과밭을 통째로 인수하셨는지 사과 박스째로 주고 가십니다. 가끔 TV에서 나오는 검은 돈 가득 찬 사과 박스보다 저에겐 비교할 수 없는 선물이었습니다. 아껴 먹어야지…. ㅎㅎ.

좋은 밤 되십시오.

2009년 9월 19일 ── 명인 곁에는 언제나 숨은 조력자가 있습니다

지난 일요일(9월13일) 오후부터 시작된 외부 치장벽돌 쌓기는 시간이 흐를수록 변화를 거듭하고 있습니다. 곱게 꽃단장을 하고 있습니다. 한 우

물을 30여 년 넘게 파는 것은 그 사람이 답답할 정 로 미련하거나 열정이 있기 때문에 가능한 일이겠지요. 본격적인 조적(벽돌 쌓기) 작업은 월요일 아침부터 시작되었습니다. 물론 일요일에 사전 작업인 실 내리기(수직·수평 잡기 및 시작점·끝점 잡기 등)을 이미 마쳤기에 가능한 일이었습니다. 고도로 숙련된 명인의 모습을 보았습니다. 지금까지 어느 현장에서도 좀처럼 보기 드문 작업 광경을…. 한 올 한 올 뜨개질을 정성스럽게 하는 모습 그대로였습니다. 역시 이 바닥의 소문은 날개가 달려 있나 봅니다. 시간이 지나자 30여 년 동안 현장을 누비면서, 그 중 최근 10여 년은 작업 관리만 하시던 분이, 큰 현장도 아닌 작은 현장에서 직접 작업하는 모습. 다들 신기하고 제가 무척 부러운 모양입니다.

하지만 그분은 작업 외에는 관심 없는 모습입니다. 그러는 그분 뒤에는 더 대단한 분이 턱 버티고 있다는 사실을 잠시 시간이 지나자 저는 알게 됐습니다. 당년 73세의 젊은 청년. 30여 년 동안 윤명인과 같이 동거동락해온 동지. 윤명인의 은퇴 선언 후 뜻을 같이 했던 분. 저로 인해 복귀전을 치르고 있는 분.

지난 월요일 작업부터 1715-9 동네 슈퍼 주인 김마담의 현장 일착(작업자 중 맨 먼저 아침 도착)은 한 순간에 깨져 버렸습니다. 평소 제가 아침 6시 조금 넘은 시각에 도착하는데, 그분은 5시. 이런 경우를 굴러온 돌이 박힌 돌 뽑는 거라 하던가요? ㅎㅎ. 그분께 물으니 "30여 년 함께했던 늙은이를 지금도 필요로 하니…"라고 말을 맺습니다. 그리고 겨우 하신 말씀이 "늙으니 잠도 없고, 작업자들 나오면 줄 따뜻한 커피 주려고…"라고 하십니다. 그 말씀을 듣는 순간 전 가슴이 뭉클해집니다. 온종일 작업을 즐기고 있는 모습을 봅니다. 지금처럼 계속 건강하셔서 제가 은퇴하는 그날까지 곁에서 작업하는 모습을 보고 싶습니다.

그동안 계속해오던 소위 타임캡슐 속에 넣어질 '우리의 기억 속에서 잊혀져 가는 것들' 정밀묘사 작업은 마무리되어 가고 있습니다. 눈도 침침하고 손도 떨리고 요즘은 찾아와 곁에서 연필 깎아 주는 사람도 없고 해서 잠시 쉬기로 했습니다.

RE: 궁금 ? (심슨 가 여인 - 심슨 가 안주인)

그저 가만가만 조용히 다녀갔었습니다. 그런데 오늘은 제게 찔리는 데가 있어 이렇게 글을…

이야기 중에 '없다'고 하신 연필 깎아 주던 사람이 혹 '저'일까요? 새록새록 감사하는 맘뿐 이구요, 어머니께서는 제게 못난이라 하시지만 저는 복 많은 사람 맞는 것 같습니다. 어쩌나요. 이래서 제가 움직이면 안 되는데… 답변 글에 쓴다는 것이 그만 교수님의 글 순서를 방해해버리고 말았습니다. 왠지 무례를 범한 것 같은 해결해보려 애썼지만 제 솜씨론… 죄송합니다.

2009년 9월 18일 ━● 그분 맛고요!

늙어 간다는 게 저에겐 가끔은 무기가 되는 것 같습니다. 예전엔 많은 분들이 저에게 쉽게 다가서기를 꺼려(?)했었습니다. 제가 늙어 가고 있다는 생각이 들던 날부터 더 세월이 지난 후 제가 '왕따' 당할 수 있겠구나 하는 생각이 들어서 농담도 하고 장난도 치고 재롱도 떨다 보니 약간은 편하게 대하시는 것 같습니다. 이젠 제법 많은 친구들이 생긴 것 같습니다. 특히 젊은 친구들이 많아졌습니다.

이곳 현장 사무실에도 심슨(SIMPSON) 가 신축공사 기간처럼 많은 사람들이 찾아옵니다. 이런 저런 이유들로…. 하지만 제가 바쁜 척하는 모습에 다음을 기약하며 황급히 자리를 떠나십니다. 연필 좀 깎아 주고 가시라는 부탁도 드릴 새 없이…. 그렇다고 늘 보이는 곳에 살고 있는 심슨 가 젊은 친구(심동민. 심동준) 불러내 꼬드겨서 연필 깎아 주라고 떼쓸 수도 없고. 방학 기간 동안엔 그래도 자주 본 것 같은데…. 요즘은 무척 바쁜 모양입니다. 보고 싶네요.

그리고 솜씨 좋은 동준이가 우리나라 지도 그려서 지명을 적은 후 싸인해서 준다고 했는데…. ㅎㅎ, 이번 주말에는 오려나?

그분, 심슨 가에 단 한 분 계시는 여인 맞습니다. ㅋㅋㅋ.

2009년 9월 23일 ━▶ *100년 된 산삼을 먹다*

깊어 가는 가을의 현장은 반환점을 지나고 있습니다. 모든 이의 힘겨운 노동과 정성어린 손길로 당초 계획보다 늠름한 모습으로 단장되고 있습니다. 치장벽돌 쌓기 작업은 명인 콤비들의 능숙한 작업으로 마무리되어 작별인사를 나누고 복귀 2회전을 하고자 저 멀리 현장으로 떠나갔습니다. 다시 만남을 전제로 한 헤어짐이었지만 서운해졌습니다. 하지만 제가 다시 현장 일착이라는 타이틀을 되찾았습니다. 현장은 늘 만남과 헤어짐의 연속입니다. 전 공정 뒤에는 반드시 후 공정이 다가서니까요.

어느덧 현장이 시작된 지 오늘로써 49일째(8/6~)인가 봅니다. 사람이 덜 돼서 그런지, 아님 공정에 차질이 없이 진행돼서인지, 지금 생각해 보니 단 하루도 쉬어 본 적 없었던 것 같습니다. 아직은 버틸 만하다고 하는데도, 주변에선 늘 걱정들 합니다. 식사는 했는지, 몸은 괜찮은지. 머리는 더 빠졌는지….

하지만 전 늘 즐거운 상상만 합니다. 사진에 나와 있는 끈들은 벽돌 묶는 것인데, 작업하다 보면 바닥에 어지럽게 가득합니다. 어쩌다 걷다 보면 발에 걸려 앞으로 꽈당 합니다. 그래서 사고예방과 운동 겸해서 시간이 나는 대로 자주 줍습니다. 양이 많다 보니 손에 쥐기에는 벅찹니다. 해서 끈에다 끼우면서 늘 어릴 적 메뚜기 잡던 즐겁던 유년의 기억을 되살립니다. 그러니 늘 즐겁습니다. 1715-9 동네 슈퍼아저씨 노릇과 김마담 행세도 그렇고요.

오늘부터는 그동안 작업했던 벽돌에 화장을 하는 작업, 즉 줄눈 넣기 작업(메지 작업)을 시작했습니다. 이번 작업도 지난번 심슨 가의 벽돌에 똑같은 고운 화장을 해주셨던 메지 작업 가족 팀이 담당하고 있습니다. 지난번 작업 시 팀장이신 아버지 되시는 분이 경미한 사고로 눈썹 위 부분에 자그마한 상처를 입고 병원에 가게 되어 제 마음을 무겁게 한 적이 있었습니다. 그런데 또다시 이번 현장에서 건강한 모습으로 뵐 수 있게 되어 무엇보다도 기뻤습니다.

다시 만나던 오늘 이른 아침 가족 분들이 건강 잘 챙기라고 주시는 잘생긴 수삼 큰 뿌리, 울컥했습니다. 늙어 간다는 걸 자꾸 느끼게 어제보다 오늘 더 눈물이 늘어가는 저를 봅니다. 고맙게 잘 먹겠습니다. 100년 된 산삼으로 느끼며, '헐 공주(풍경재 김성언)' 왈, "천년 산삼 잘 챙겨 먹으랍니다." ㅎㅎ.

눈 크게 뜨고 다니다 보면 가끔은 보물을 볼 수 있습니다. 뭐하는 분이 타고 다니는 차인지 다시 보게 되면 가던 길 막고서 물어봐야겠습니다. 궁금하면 못 사니까요!

며칠 전 일요일 건축주 희정 님의 아버님 생신 축하행사를 마치고, 건물 안에 주인도 들어가지 못하게 하는 고약한 건축가가 버티고 있는 현장에 오셔서 종친회를 치렀습니다. 참고로 희정 님의 아버님과 저는 광산 김가(光山金家)이고 제가 아들 벌이니, 희정 님과 저는 남매인가요!? ㅎㅎ. 생신 떡, 작업 도와주시는 분들과 맛있게 먹었습니다.

2009년 9월 29일 2009년은 대단한 해인 것 같습니다

오후 내내 나룻배를 타고 강기슭을 따라 내려갔습니다.

당신이 너무 좋아하는 칡꽃 송이들이 푸른 강기슭을 따라 한없이 피어 있었습니다.

하늘이 젖은 꿈처럼 수면 위에 잠기고 수면 위에 내려온 칡꽃들이 수심(水深) 한 가운데서

부끄러운 옷을 벗었습니다.

바람이 불고 바람이 불어가고,

지천으로 흩날리는 꽃향기 속에서 내 작은 나룻배는 그만

길을 잃고 맙니다.

-'포구기행'의 작가 곽재구 님의 가을의 시-

하루 한 시가 중요한 시간들입니다. 제가 새가슴이라서…. 오늘로써 날아갈 듯한 기상의 지붕은 가을 밤색 톤으로 옷을 입고서 철든 아이처럼

슬며시 미소 짓고 있습니다. 또 다른 한편에선 현관 출입구 석재공사와 천연 방부목 마감 공사를 진행하고 있습니다. 내일 예정되어 있는 창문 설치를 끝내면 외관 작업은 즐거운 명절 전에는 종료 될 것 같습니다. 그동안 단 한 번의 공정 변경 없이 진행되어 예정된 일정 내 마칠 수 있었던 것 같습니다. 이 모두 다 제 곁에서 묵묵히 도와주신 분들의 땀이었습니다.

요즘은 현장에 찾아오시는 작업자 외의 분들이 무섭습니다(특히 건축 상담자). 그래서 틈나는 대로 현장사무실을 피해 숨습니다. 시간이 부족하거든요. 작업 마친 저녁시간이라면 몰라도…. 미워하거나 욕하지 않았으면 합니다.

저라는 사람 본디 가급적 착하게 살아가려고 늘 생각하며, 조금만 양보하고, 조금만 돕고, 조금만 고민 같이하면서 살자, 생각하거든요. 근데 밉게 보일까 걱정도 되고 별스런 작자란 말 들을까 조심스럽습니다. 별 이유는 없고 단지 현재 진행 중인 작업이 저에겐 가장 중요한 일이라고 생각하는 것 외에는 없거든요. 저라는 사람 늘 단순하게 생각하고 살고자 합니다.

지금의 소중한 작업은 오는 10월 20경에 완료되어 전주 서부 신시가지 대물림 주택 2호 집으로 명명되고 입주가 허락될 겁니다. 그나저나 1715-9 대물림 주택 2호의 당호(堂號)를 지어 곁에 버티고 있는 심슨 가처럼 늘 부르고 싶은데, 요즘 머리가 복잡해서 도무지 묘안이 떠오르지 않네요. 누가 좀 번뜩이는 아이디어 제공할 생각 없나요?

2009년은 대단한 해인 것 같습니다. 적어도 저에겐…. 이 작업을 후회 없도록 즐겁게 마치고, 이곳을 벗어나 밀린 공부, 밀린 또 다른 일 하면서 한 해를 마감하려 했는데, 뜻하지 않은 복병을 만났습니다. 사진 속의 피카소가 울고 갈 대단한 작품의 허수아비가 지난여름 지키고 있던 땅에서 도망가려던 발목을 잡혔습니다. 땅 주인장 내외분도 그렇고, 능력 있는 디자이너가 될 거라 믿는 똑똑하고 당당했던 딸도 무시할 수 없고, 허수아

비 세워 두고 곁에 있는 대물림 1, 2호 건축 과정을 감시한 후, 주인장인 따님에게 저기 건축하고 있는 사람에게 건축해 달라고 하신다는 당년 81세 어르신(단 한 번도 뵌 적 없음) 말씀도 거역할 수 없어서…. 결국은 즐거운 명절을 보낸 후 택일하여. 첫 삽을 뜨기로 했습니다. 앞이 깜깜합니다. 하지만 이것도 제 운명이려니 하고 즐겁고 행복하게 작업에 임하겠습니다.

2009년 10월 2일 ── 지금의 건축의 꿈은 아주 작고 소박합니다

　이른 아침부터 현장은 다가오는 추석명절 연휴 때문에 부산하게 움직입니다. 며칠을 계속되던 석재 공사는 현관 출입구 부분을 제외하고 오후에 마쳐졌고, 내부에서는 내장 공사 팀의 선발대 인원들이 추석연휴 마치고 합류할 본진의 능률적인 작업 진행을 위하여 사전 작업을 하고 있습니다. 한쪽에서는 작업자들의 안전을 위하여 설치해 두었던 비계(일명 아시바)

를 말끔히 해체하고 나니, 드디어 본 얼굴을 드러냈습니다. 안전사고 발생할 확률이 상대적으로 높았던 작업이 마쳐졌다는 안도감에 묵은 체증이 사라지는 느낌이었습니다.

하루의 시간이 지나면서 각 공정의 인원들은 계속되었던 작업을 잠시 중단하고 고향집을 향하여 돌아갑니다. 다시 올 것을 기약하며…. 해서, 먼저 떠나는 이들과 잠시 동안의 작별인사를 나누며 걱정 많은 김마담은 차조심해라. 음식조심해라. 손목 잡고 등 다독이며 걱정을 늘어놓았습니다. 제가 늙어 간다는 걸 여기서도 어김없이 보여주나 봅니다.

실은 요즘 제가 고민이 부쩍 늘었습니다. 매년 계속되는 얼마 동안의 현장 속 소중한 시간…. 이 이상 좋을 순 없다는 생각은 여전합니다. 아직까지 주변에선 건강을 해칠까봐 걱정이고 성화이나 충분히 버틸 수 있다 생각하고 지냅니다. 나이 드니 뱃살도 늘고 했는데, 별 운동 안 해도 한 현장 마치고 나면 훨씬 날씬해지니 좋은 거죠.

하지만 세상사엔 좋고 나쁨이 동시에 교차되곤 합니다. 건축에 처음 입문했을 땐 철없고 욕심이 많아 세기에 남을 만한 건축물을 남기고 싶다는 바보 같고 거창한 큰 욕심을 가져 본 적도 있습니다. 그러나 시간이 지난 후 지금의 건축의 꿈은 아주 작고 소박합니다. 사람이 사는 집다운 집을 짓고, 오랫동안 기억될 수 있는 사람을 닮은 집을 지으면서 늘 보고 싶은 사람들 곁에 머물다가, 좀더 늙으면 회사를 믿음으로 정직하게 잘 꾸려내고 있는 자들에게 맡기고 자연인으로 살면서, 그동안 시간 부족하다 엄살 부리면서 큰 욕심 가질 수 없었던 하고픈 개인적인 작업(그림, 조소 등) 하면서 지내고 싶다는 생각을 가끔은 합니다. 그때가 언제인지는 모르지만…. 그래서 도망가고자 틈나는 대로 준비합니다. 또한 앞으로 작업하고 픈 건축물 디자인을 제가 하다 다 못 하면 남은 자들의 몫이 되겠지요.

요즘 곰곰이 생각해 보니, 앞으로 약10년 동안 이렇게 작업한다고 할 때, 1년에 2~3채, 대략 20~30채 정도 짓게 되리라 생각하니 갑자기 근심이 많아지더군요. 과연 향후 어떠한 건물을 지어야 되는 것인지 두렵기까지 합니다.

지금까지 수많은 건축물을 세우면서도 미처 못 헤아렸던 것들이 순식간에 다가섭니다. 불과 얼마 전까진 이렇게까지 걱정 안 하고 지내고자 했는데…. 자식은 절대로 맘대로 안 되는가 봅니다. 의대 나와서 선한 동네 소아과 의사 하면서 해질 무렵 왕진가방 들고 어려운 이들 만나 보러 다니겠다고 찰떡같이 저에게 약속했고, 저는 그 대가로 의사되면 병원을 외상으로 지어 주겠다고 약속했던 큰아들(동현) 녀석이 피를 속일 수 없었는지 결국 금년에 건축학과 5년제에 입학했습니다. 오랫동안 건축만큼 어려운 학문이 없다고 했음에도 말입니다. 부단히 공부하고 많은 걸 보고 느껴야 되겠지요. 그것도 본인의 인생이겠지요. 곁에서 지켜볼 수밖엔….

요즘 겁나게 바쁜 모양입니다. 뭔 공부하나 뒤에서 살펴보니 스위스에서 1880년대에 출생하여 20세기 최고의 건축가 중의 한 분으로 인식되고 있는 르 꼬르뷔지에(Le Corbusier)의 1929년 작품인 사부에 저택(Savoie villa)에 대한 분석인 듯싶습니다. 모형으로 봐서요.

위의 사진은 그 녀석이 중학교 1학년 입학 때 찍은 사진을 저에게 줘서 그동안 제 지갑에 늘 지니고 있던 건데, 벌써 세월이 이렇게 흘렀나 봅니다. 지금까지 하는 걸로 봐서 한 30여 년 지나면 본인 사진 아래 있는 사람처럼 저도 늙어 가겠지요. 이제 더 고민하고 고민하며 작업에 임하겠습니다. 세월 흐른 뒤 부끄러운 모습으로 남지 않기 위해서….

머리가 멍해집니다. 복도 참 없는 것 같아요. 자식에게도 분석 대상이 되고…. 잠시 동안의 휴식. 수세미 속 같은 머릿속을 잘 정리하여 이곳 대물림 2호의 최종 마감 작업과 대물림 3호의 시작…. 최선을 다하렵니다.

　모든 분들, 깊어 가는 가을의 추석명절 잘 보내시고 밝은 모습으로 뵙기를 기원하겠습니다.

　내일은 군산영동 36-20 by Yu에 들러, 시작했으니 잘하라고 잔소리 좀 하고 다녀온 후 모처럼 늘 그리운 사람들에게 편지를 쓸까 합니다. 짜이지엔(再見)!

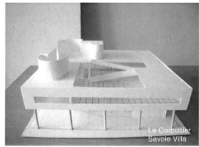

● *살아 있다는 걸 실감합니다*

조석으로 차갑습니다. 모든 분들 건강 유의하시길…. 2호 가(家)인 풍경재는 초읽기에 들어갔습니다. 모든 분들의 땀의 결과물입니다. 또한 모든 분들의 응원 덕분입니다. 3호 가(家)는 예정대로 차근차근 진행하고 있습니다. 1, 2, 3호 가의 상호 거리가 100m 이내에 있습니다. 트라이앵글처럼요.

그동안 궁금했던 3호 가 어르신(81세 예술가, 허수아비 세워 두신 분)을 뵈었습니다. 운동 열심히 하셔서 그런지 피부가 어린아이 얼굴처럼 맑아 보였습니다.

요즘 정말 살아 있다는 걸 실감합니다. 종아리에 파스 붙이고 다니니. 주변에선 혹시 식사 거르지 말라고 당부 말씀들만 하십니다. 이것저것 잘 먹는데…. 2호 가 헐 공주(큰딸, 초 6, 가끔 '헐' 단어를 쓰는 밝고 예쁜 소녀입니다)가 휴대폰 문자메시지로 보내준 피로 회복제도 먹고 해서 괜찮은데요. 걱정하지 않으셔도 됩니다. 저 아직은 튼튼합니다. 참, 저에겐 늘 감시자가 뒤따르고 있습니다. 인접 토지의 70 넘으신 고운 맘씨의 늙은 누님과의 달콤한 데이트도 들키고, 작업자들과의 밀담도 들키고…. 조심해야지, 소문나면 큰일이니.

오늘은 조적(벽돌 쌓기) 달인들께서 오랜만에 다시 오셔서 대문 지주를 세워 주시기 위해 바쁜 일 제치고 한 걸음에 달려오셨습니다. 원수 갚겠다고 했습니다. 고맙습니다. 근데 오늘은 눈이 슬슬 감기네요.

⟶ 시험 약속 (풍경재 헐 공주)

시험 성적이 이번 12월이나 겨울방학에 나온다는데, 다락방 약속 어떻게 해요?

설마. 다락방 못 짓는 거? 허거거거걱-. 아고 무서.

RE : 다락방 쪼께 고민해 봐야 되겠네. 흠흠, 에헴!

늙은 사람이 꿈 많은 어린 소녀(헐 공주=김성언), 소년(김영훈)과 약 한달 전 약속을 했습니다.

2층 서재 공간에 당초 설계에 없던 다락방을 만들어 주기로 한 것입니다. 다락방을 만들어 주는 조건은 어제와 오늘 치른 초등 6학년 평가 시험에서 평균 95점 이상 득점하는 것입니다. 소위 협박과 조약을 했습니다. 근데 시험 결과가 눈 오는 12월에 나온다고 하니, 그때까지 작업을 계속 보류할 수도 없고…, 고민 되네요…. ㅋㅋ.

하지만 며칠 전부터 저에게 휴대폰 문자메시지로 피로 회복제와 종아리에 붙이라고 파스도 보내 주니, 맘이 약해져 이쯤 해서 아름답고 찬란하며 웅대한 꿈이 영글 수 있는 다락방을 만들어 줘야 될 것 같습니다.

2009년 10월 27일 ─ 깊어 가는 가을바람 속에서 풍경재(風景齋)의 입주

꿈같은 어제였습니다. 깊어 가는 가을바람 속에서 풍경재(風景齋)의 입주가 많은 분들의 땀과 응원 속에서 이루어졌습니다. 감사 합니다, 부족한 사람을 도와주셔서. 원수 갚겠습니다. 난 바보처럼 사는 날도 많았고 앞으로도 그렇게 살아갈 것이지만, 나를 멀리서 비뚤게 본 사람들은 나에 대한 오해를 했습니다. 큰 건축물도 아니고 본인 집도 아닌데 늘 현장에서 벗어나지 않는다고…. 하지만, 나를 바로 본 사람들이 내 마음속으로 들어옴을 이제는 느낍니다.

풍경재의 밤이 깊어 갑니다. zzzzz~.

풍경재에선 남자들이 기 펴고 살 수 있습니다. 구박받지 않고…. 무엇 때문에 구박받는지는 모르겠습니다. 구박할 입장에 서 있지 않아서요. 벽난로에선 은은한 나무 향과 깊은 겨울 군고구마를 늘 구워 먹으며 정담을 나눌 수 있습니다. 풍경재(風景齋)엔 요리를 특별히 잘하시는 희정 씨가 계십니다. 식탁 위의 꽃 수반은 적어도 남한에선 꽃에 대한 최고의 명인이라 칭하는 베로니카 플라워 원장님이 손수 만들어 가지고 오셔서 "그동안 애썼고 좀 쉬세요."라는 말씀만 남기고 현장 사무실에 놓고 가셨습니다. 늘 그랬던 것처럼.

제가 작업하는 집들의 2층 공간은 언제나 아이들의 공간입니다. 대물림의 집이기에 2층의 아이들이 성장하여 언젠가 1층으로 내려와 머물고, 그 아이의 후손이 또다시 2층에서 꿈을 키우며 성장하는 순환이 되풀이되는 그런 집을 늘 꿈꾸며 건축하고자 합니다. 그러기에 아이들의 방은 언제나 도배지를 사용하여 최종 마감을 합니다. 아이들이 성장하면서 그 꿈도 성장하므로 주기적으로 벽면의 이미지를 변하게 해줘야 하기에 말입니다.

풍경재 현장에서의 작업들

▲ 옥외 조형물
(눈먼 시야 혹은 시야의 바깥) 황등석 & 카파오

▶ 연필화-달팽이(시간을 걷다) 200909)

천천히 커피를 마시고, 천천히 차를 몰고,
천천히 책을 읽고, 천천히 밥을 먹고,
천천히 잠을 자고. 그러나 그 천천함도 지나치지 않게….

차이코프스키 비창 1악장 느리게, 빠르게,
그러나 지나치지 않게….

▲ 춤추는 꽃 200907   ▲ 우체통 쌀통 200907   ▲ 풍경재 화주 김창모 님 고향은 고창이며
안주인 김희정 님의 고향은 정읍입니다.

➡ 늘 힘겨워도 현장을 떠나지 못합니다

늘 고마운 사람들, 그리고 귀여운 친구들. 이래서 늘 힘겨워도 현장을 떠나지 못합니다.

2009년 10월 31일 ➡ 풍경재의 1차 작업을 마치고 (제자 고세훈)

건축 열정(2009년 10월 마지막 날) 풍경재(風景齋) 착공일이 엊그제 같은데 어느덧 입주가 끝나고 그 가족 분들이 생활하고 계십니다. 추석이 지나고 내장 작업이 본격적으로 시작되면서 현장은 점점 조감도의 완공된 모습처럼 빠르게 변해 가고 있었습니다. 정리하여 글을 쓰기에는 너무 많은 일들이 있었던 것 같습니다. 그 중 정리하여 머리와 마음에 담아 둬야 될 숙제들은 차후 상세히 보고할 것을 약속드리며, 먼저 머리와 마음에 새겨진 것들에 대해서 글을 올리겠습니다.

그동안 현장엔 수많은 일들이 있었습니다. 예를 들어 현장이 정리된 이후 시간인 늦은 밤에 조용히 레이저 측정기로 당일 행했던 벽돌 조적 작업을 재확인하던 일흔이 넘으신 조적 팀 팀장님도 계셨습니다. 현장에 누구보다도 제일 먼저 출근하시고, 작업 중에도 조용히 일의 진행을 조절하시는 모습도 인상 깊었습니다.

얼마 전 교수님께서 풍경재 작업이 완료되고 많이 지쳐 있는 상태에서도 좋은 결과물을 보고 기뻐할 건축주 가족 분들을 생각해 말씀하시는 모습을 보고 눈물이 나는 걸 간신히 참았습니다. 몇 개월 만에 교수님께서 가족과 저녁식사를 하는 중에도, 지난번 상황이 어려운 저의 지인이 운영할 군산 영동 36-20 작은 가게 작업을 해주신 이후 가게의 오픈 소식을 듣고, 늦은 시각 교수님을 대신하여 저에게 꽃 선물을 전달해 주라고 하셨습니다. 꽃들을 정성스럽게 꽂아 40분 정도의 자동차 이동을 고려해 행여 꽃 한 송이 떨어질까 봐 박스에 스티로폼과 신문지를 마구 넣으시며, 좌회전 우회전 시 박스를 잡아 달라는 당부와 꽃이 담긴 박스에 안전벨트까지 채우시는 분…. 그 꽃을 받을 사람의 반응을 보지도 상상하지도 않았지만, 40분 운전하는 동안 박스에서 손 한 번 떼지 못하며 알 수 없는 행복을 느꼈습니다.

회장님, 사장님, 교수님, 경영 컨설팅 전문가, 선생님, 김마담, 슈퍼 주인 아저씨, 청소부, 소장님, 상담가, 화가 등, 여러 가지 호칭들을 가지고 계신 걸 보고, 건축 현장에서 내가 누구인 것이 중요한 것이 아니라, 현장에 도움이 될 수 있는 일이라면 위에 열거된 많은 호칭처럼 많은 일들을 신경 쓰고 해야 된다는 것을 알게 되었습니다. 정말 많은 사람들이 대물림 집을 완성시키기 위해 많은 노력을 했으며, 열정 없이는 할 수 없는 일이었다고 생각합니다.

2009년 10월 31일
다시 시작되는 대물림 3호 주택 취묵헌(醉墨軒) 건축 현장에서
제자 고세훈 배상.

내가 나를 위로하는 날
내가 나를 위로하는 날, 나를 위로하는 날,
가끔은 아주 가끔은 내가 나를 위로할 필요가 있네.
별 일 아닌데도 세상이 끝난 것 같은 죽음을 맞볼 때, 남에겐 채 드러나지
않은 나의 허물과 약점들이 나를 잠 못 들게 하고, 누구에게도 얼굴 보이고
싶지 않은 부끄러움에 문 닫고 싶을 때, 괜찮아 괜찮아, 힘을 내라고, 이제부터
잘하면 되잖아. 조금은 계면쩍지만 내가 나를 위로하며 조용히 거울 앞에
설 때가 있네.
내가 나에게 조금 더 따뜻하고 너그러워지는 동그란 마음, 활짝 웃어 주는 마음.
남에게 주기 전에 내가 나에게 먼저 주는 위로의 선물이라네.

-이해인의 '외딴 마음의 빈집이 되고 싶다' 중에서-

내가 나에게 부끄러울 때는 어디 숨을 곳도 없습니다. 내가 나에게 실
망할 때, 내 약함과 허물들이 너무나도 크고 선명하게 내게 나타날 때,
그렇다고 누구에게도 차마 그런 말을 할 수는 없을 때, 그런 때는 내가 나
를 위로 할 수밖에 없습니다. 하지만 그렇게 나에게 내가 다가가고 나에
게 너그러워지는 순간, 비로소 사랑의 의미를 깨닫게 됩니다. 사랑은 진정
으로 나를 사랑하는 것으로부터 시작되기 때문입니다. 나에게 인색하다
보면 결코 남에게도 풍성할 수 없기 때문입니다.

오늘은, 나를 위로하는 날, 그리고 사랑하는 날, 잘했다고, 이해한다고,
나도 느끼고 있다고, 진심으로 말해 주는 오늘, 그 오늘이 가장 행복한 날
이 될 수 있습니다. 그런 당신의 마음 가득 행복으로 넘쳐요. 하늘을 울
리는 맑은 웃음으로 크게크게 웃어 보세요!

06 심슨 가 이야기
The Simpsons story

심슨 가엔 착한 세 소년과 사슴 같은 공주가 늘 별을 보며 삽니다.

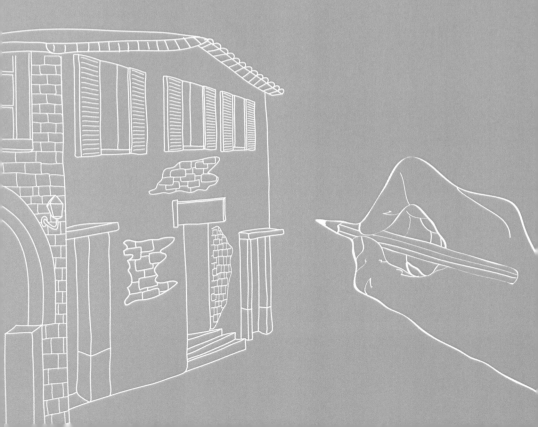

2008년 7월 1일 ▸ 이 땅 위에도 심슨 가족이 살고 있었습니다

The Simpsons movie는 '평화로운 마을 스프링필드에 심슨 가족이 살고 있었다.'라고 시작되는 것으로 기억합니다. 무서운 쇠고기를 팔기 위해 앞뒤 안 가리는 사람들이 일부 살고 있는 미국의 TV 방송 역사상 가장 오랫동안 방송되고 있는 FOX 사의 TV 애니메이션입니다. 하지만 지금부터 등장하는 인물들은 무서운 쇠고기 싫어하고 이 땅에서 자라는 뚱뚱한 거시기의 삼겹살을 좋아할 것 같은 사람들입니다. 제가 짧은 시간 속에서 옳게 판단하고 있는지는 시간을 두고 좀더 지켜볼 일인 것 같습니다. 여러분들께서 얼굴이 궁금하실 것 같아 일단은 소개해야 할 것 같습니다.

2008년 7월 8일 ▸ 사람이 집을 만들고, 그 집은 다시 사람을 만듭니다

인연의 긴 실타래는 또 그렇게 이어지나 봅니다. 지난 봄 어느 햇살이 눈부시던 날, 진안 안천 전원주택 공사 현장에 갑작스럽게 나타난 심슨 가족(심 家). 제 큰 녀석 별명이 학교에서 심슨이라는 사실도 그렇고(코가 유난히 커서 그런가 봅니다. 중학교 때는 코뿔소라고 했거든요), 지난해 봄 김 교수님 댁 리모델링 현장에 땅끝마을 해남 슈바이처님이 홀연히 나타났던 것처럼…. 이젠 4월이 두렵습니다.

수년 전부터 직원들에겐 큰 작업 맡기고 전 늙어서 힘없으니 일년에 정말 하고픈 작업만 선택하여 한두 곳만 참여하며 현장에서 온종일 직접 작업하고, 작업에 임하는 많은 인원들이 힘들 때 위로해 주고, 화나 있을 때 재롱부려주고, 착실히 심부름해 주면서 정말 오랫동안 기억될 수 있는 집을 짓겠다고 선언했었죠. 그 뒤 지금까지 보편적으로 생각해볼 때 즐겁게 잘 버티고 있는 것 같습니다.

그러다 보니 가끔은 건축을 의뢰하고자 하는 많은 분들께 본의 아니게 오해도 받고, 절 예쁘게 보시는 여러 지인들께서 좋은 인연 맺으라고 소개하셨는데, 여타한 이유로 건축이 불가능하다고 말하는 저 때문에 입장 난처하신 경우를 겪는 분들도 계시고…. 여러분 죄송합니다.

하지만 저의 생각은 건축을 벗어나는 그때까지 바뀌지 않을 것 같습니다. 미련해서 한번 결정하면 경주마처럼 앞만 보며 가는 편이거든요. 사람이 집을 만들고, 그 집은 다시 사람을 만듭니다. 집이 주인을 닮아가듯…. 그래서 집은 살기 좋은 최상의 공간이어야 합니다. 건축은 반드시 서로 믿음에서 시작되고 끝나야 하며, 작업은 본인에게 정직하게 이루어졌을 때 후회 없게 된다는 생각뿐이거든요.

첫 상견례를 타 작업현장에서 했습니다. 심슨 가족(착하게 보이는 마른 부부, 똑똑한 아들 2)과 말입니다. 본인들이 살 집을 지어 달라는 말 외엔 어떤 다른 까다로운 요구 조건 없는, 참 대책 없지만 순수한 가족의 아름다운 모습에, 오랫동안 많은 이로부터 기억될 수 있는 주택을 지어 드려야겠다고 생각했습니다. 예정되어 있던 다른 작업은 사정해서 미뤄야 했지요.

여러 가지 상황으로 정작 제 집 짓는 것을 미루고 있는 시점에서 어떤 집을 지을 것인가를 오랜 시간 동안 고민했었고, 학교에서 강의할 때 수없이 받았던 질문과 생각들, 이미지들, 사랑하는 가족이 살아가는 집에 대한 느낌들. 이런 것들을 풀어놓아야 할 시기가 왔다는 생각을 했습니다. 덕분에 또다시 제 집 지을 시기를 미뤄야 하나 봅니다. 이번 보따리를 풀어 놓고 나면 저희 집은 다른 모습으로 지어야 하니 또 시간이 필요하겠지요? 그나저나 이러다 집에서 쫓겨나겠다. ㅎㅎ.

건축 부지를 확인하던 날. 맙소사! 분명 전라북도 전주의 정말 좋은 전원주택 단지를 조성한다는 명분하에 전주 시로부터 분양된 땅이 자그마한 동산 언덕마냥 앞뒤 좌우경사가 너무 심해 편한 집을 지을 수 없는, 겨울철에 조그마한 눈썰매장으로 이용하면 좋을 것 같은 땅에, 배수도 잘되지 않아 비가 오면 빗물이 고여 웅덩이가 만들어져 있더군요. 곧장 토목공사를 진행하는 소위 전주 서부 신가지 조성 사업단으로 찾아가 관계자들에게 재공사를 요청(많은 협박을 한 건 결코 아니고 조금) 했습니다.

한 일주일 뒤 토목작업을 다시 해서 1.3M 이상을 파내었지요. 그런데도 앞뒤 높이가 3M 차이 나는 상황에서 더 이상 토목재 공사를 요청한다고 해서 해결될 사안이 아닌 것 같더군요. 그래서 땅을 좀더 이해하고 고민하는 것만이 최선이라고 판단되어 어려운 설계도를 만들기로 결정했습니다. 덕분에 부채꼴 모양으로 높아지는 이상한 모양의 땅 위에 단차를 만들어서, 2층이지만 3층 이상이라고도 말할 수 있는 복잡한 설계도를 그려내라는 저의 요구에 아마 오랜 기간 동안 밤잠 제대로 못 자고 고민 고민했던 설계사들, 속으로 욕 많이 했을 겁니다.

땅에 대해 고민한 소중했던 시간만큼 단점을 장점으로 승화시킬 수 있을 만한 설계도면이 나왔습니다. 하지만 이 잘난 설계도면도 본 작업이 시작되면 이 대책 없는 사람으로 인하여 수없이 수정되겠지요. 설계도가 완성된 날 심슨 가족을 모시고 협약서를 작성했습니다. 협약서 일면에 온 가족의 이름을 모두 넣었습니다. 집은 아버지 한 사람의 집이 아니고 모두의 집이 될 것입니다. 역사를 전공한 두 부부의 사상과 사랑이 타인에 대한 배려로 배어나올 수 있는 집으로 말입니다.

그날 해질 무렵 저에게 수없이 많은 사랑과 살아가는 데 필요한 지혜를 물려주신 후 끝내 많은 아쉬움을 남기고 지난 따뜻한 봄날 3월에 하나님

곁으로 소천하신 아버님 선영에 다녀왔습니다. 보고 싶고 그리워서 많이 울고 왔습니다.

서둘러 건축 승인이 나기를 기다리는 여러 사람들의 마음을 모르는 듯 참 늦게 승인이 떨어지고, 어서어서 땅을 파고 싶은 사람들 애간장 태우려는 듯 중간 중간 이른 장맛비가 내려 주시고, 혹여나 빠르게 서두르다가 지나치지 말라는 저기 높으신 분의 뜻으로 알고 쉬엄쉬엄. 그러나 주어진 날엔 어느 누구보다도 빠르게 그리고 혹여나 지나치지 않게….

2008년 7월 8일 ── 기발한 상상력과 현실감각

터파기 하던 날 심슨 가족이 현장에 처음 왔습니다. 농구장만 있으면 집은 없어도 되니 큰 땅은 농구장 만들고 집은 1평만 만들면 된다고 말하는 귀여운 큰아들 동민이(해서, 제가 잠은 어떻게 잘 거냐고 물으니 놀랍게도 가족들 전체가 서서 자면 된다고 답했습니다. 정말 기발한 상상력입니다. 우리 모두 배웁시다. 그리고 어느 하루 택하여 우리 모두 해봅시다). 둘째아들 동준이는 일반적으로 큰아들에 비해 둘째아들이 보편적으로 현실적인 사고력을 가지고 살아가는 것처럼, 잠은 편하게 자야 하니 집은 크게 짓고 농구는 아무 데서나 하면 된다고 했습니다. 잘~ 참고해야 할 것 같습니다. 두 친구들 미래의 꿈을 이룰 수 있는 집이 되어야 하기에….

RE : 오우~ 아들내미들 (화이부동)

귀엽군요. 아이들은 기쁨도 주고 교훈도 주네요. 동생이 전해주는 초등학교 아이들의 때로는 엉뚱하지만 때로는 상상 외로 기발한 답안들이 생각나요. 거의 매일 한 소절씩 들려주는데, 시리즈로 만들어도 되겠다고 생각했어요. 선생님처럼 부지런히 글로 옮기지 못하고 즐거운 담화로만 남겨두었어요. 큰소리로 합창하기, 일기 쓰면서 하루 반성하기, 골목에서 함께 신나게 뛰어놀기, 눈치 보지 않고 신나게 까불기, 스승의 날, 어버이날 감사의 편지 쓰기, 봄가을로 소풍 다녀오기. 어렸을 때는 꼬박꼬박 했었는데 어른이 되어 잊고 살 때도 있던 것들. 너무 소중한 거더라고요. 내가 살아온 방식대로만 고집하고 생각하지 않고, 기발하고 다양한 관점을 열어 두는 유연함 역시 어른이 되어서도 꼭 가지고 싶은 것이랍니다.

2008년 7월 10일 ━ 그물에 걸리는 않는 바람처럼

지층 콘크리트 타설을 예년보다 이른 장마 예고로 인하여 노심초사하고 있습니다. 세상사 모든 게 마찬가지이겠지만, 맨 처음 시작되는 부분이 무엇보다 중요합니다. 더더욱 건축에서는 이것이 절실하게 다가옵니다. 많은 이의 수고 덕분에 설계도면에서 어긋난 작업(토지의 특성을 감안하여 보다 보강)을 진행할 수 있었습니다. 보이는 골조는 1층이 아니라 지하층이었습

니다. 이젠 맘이 놓입니다. 다들 "늘 그러니…"라고 합니다. 귀가 간지럽습니다. 세월이 훌쩍 흘러 이 집을 굳건히 지키고 있을 심슨 가(家) 후손들을 생각해 봅니다. 그때는 전 그물에 걸리는 않는 바람처럼 이 땅을 떠나고 없겠지만.

2008년 7월10일 → *심슨 가(家)는 복 받은 분들입니다*

너무 덥습니다. 지난 토요일, 이 땅에 가장 오래 살고 계시는 분은 신나게 자전거를 타고서 싱싱 달려오시고, 가쁜 숨을 몰아쉬면서 뒤따라오는 두 형제들(건축주 아버님과 형 두 분), 이분들도 똑같은 심슨 가입니다. 몇 번 현장에서 뵀었지만 오늘은 자전거 3대를 나란히 타고서 오시는 모습이 정말 부러웠습니다. 얼마 전에 세상 떠나신 저의 아버님께서는 평생 책을 손에 쥐고 계셨었거든요. 그래서 늘 어렵게 느껴졌었거든요. 당연히 그런 기회도 없었고요. 심슨 가는 복 받은 분들입니다. 건강한 아버님 그늘 밑에서 사시니….

얼마 전 오셔서, 연세가 74세인데 늘 건강관리를 위해 등산을 하신다면서, 조만간 산악회에서 지구의 허파라고 불리는 설산 히말리아에 트래킹 가려 한다는 말씀을 하셨습니다. 그래서 저도 언젠가 가고 싶으니 먼저 다녀오셔서 좋은 말씀 해달라고 한 적이 있습니다. 그날 말씀하셨던 게 생각나 아버님과 두 형제들을 부추거서 즐거운 토요일이니 등산화 및 등산복 좋은 거로 사드리라고 했습니다. 제가 늘 남의 주머니사정도 헤아리지 않고 일 저지르는 날도 많습니다. 튼튼하고 예쁘고 편한 걸로 선물 받으셨는지 모르겠습니다. ㅎㅎ.

2008년 7월 10일 ──▶ 부지에 새 기운을 불어넣는 날

지층 공간에 흙을 되메우기 하다 보니 흙이 많이 부족했습니다. 다행히 가까이에 좋은 마사토가 있어 덤프트럭과 포클레인을 동원하여 우선 당장 필요한 만큼의 흙을 받아 부지를 정리했습니다. 좋은 흙을 보니 맘도 밝아집니다. 직원들이 저에게 아예 이곳에서 살라고 예쁜 현장 사무소 지어 주고 있습니다. 의리 있는 건지 영악한 건지 알 수 없습니다. 아무튼 현장에서 땀 흘리고 고생하시는 분들 잠시 잠시 쉬기도 하고 냉장고에서 시원한 물 마실 수 있게 돼서 좋습니다.

➔ 사람 맘 정말 간사함을 재삼 느낍니다

폭염…. 정말 이젠 하늘이 밉습니다. 그냥 서 있기만 해도 가끔 작업하는 인물상 만드는 것처럼 잘 구워진 테라코타가 될 것 같습니다. 이미 제 손도 빨간 고무장갑을 끼고 있는 모습(긴 팔 상의를 입고 있어서 다행)입니다. 결국은 현장 작업 인원 중 2명이 열사 때문에 병원에 하루 저녁 누워 있어야 했습니다. 많은 인원들이 지치지 않도록 제가 해줄 수 있는 모든 걸 동원해 봐도 부족한 것 같습니다.

작업여건이 좋지 않은 날씨에 작업을 하다 보면 많은 걱정과 미안함이 앞섭니다. 모두들 집에선 귀한 분들인데…. 근일 내 현장에 작업 시 안전에 유의하시라는 현수막을 붙여야 될 것 같습니다. "세심한 시공도 중요합니다. 하지만 더 중요한 건 여러분의 안전입니다."라고요.

사람 맘 정말 간사함을 재삼 느낍니다. 불과 얼마 전엔 더워도 작업할 수 있어 행복하니 제발 비만 내리지 않았으면 한다고 했는데 말입니다. 이젠 대지의 열기를 식혀 줄 정도의 비를 원하니, 저 욕심 많죠?

RE : 오우 이런! (화이부동)

이제 회복이 되셨는지요? 현명하게 몸을 다스려 가시며 하시길 바랍니다. 그 중 다행스러운 것은, 너무 더울 때는 하늘에서 더위를 식히는 비를 뿌려 주시고….

RE : 화이부동(和而不同)님, 뉘신지요?

제가 접했던 공자의 「논어」에서 "군자는 화이부동(和而不同)하고 소인은 동이불화(同而不和)한다."라고 했던 그 뜻과 같은 님입니까? 조화의 '묘'를 찾을 수 있을 것 같은 님이 부럽습니다. 고르지 못한 날씨 건강 잘 챙기시길….

드디어 원하던 비가 왔습니다. 작업이 중단됐습니다. 하지만 또다시 일 욕심 많은 저는 맘이 편하지 못합니다. 해서, 숨고르기를 하고 그동안 폭염 속에서 작업하느라고 고생했던 인원들 재충전할 수 있는 시간들이라고 맘을 바꾸기로 했습니다.

직원들 덕분에 현장 사무소 완료하여 입주했습니다. 회사보다는 불편하지만 현장에서는 5성급 호텔입니다. 바람 없는 더운 날을 생각해서 직원들이 에어컨을 설치해야 한다고 했으나, 뜨거운 햇살 아래 수고하는 작업자들 보기 민망하여 싫다고 했습니다. 이 작업이 완료되는 그날까지 이곳에서 저는 고민하게 될 것이고, 작업자들은 휴식 시간에 편하게 쉴 수 있게 되겠지요.

지난 토요일 늦은 밤 심슨 가족이 이곳에 잠시 머물렀습니다. 어젠 내리는 비 막을 재주 없어 작업도 진행 못 하고, 혼자 나와서 향후 진행될 작업의 계획도 세우고 공간마다의 세부적인 작업에 대한 이미지 스케치를 시작했습니다. 여러 번 말씀드리는 거지만, 건축은 설계보다 시공이 앞서야 되고, 당초 계획보다 결과물이 보다 나아졌을 때 완성도가 있다고 생각하거든요. 다행히도 제가 복 받은 사람이란 생각을 합니다. 저의 못된 성질을 감내하면서 제 눈높이를 맞춰 주고 있으니까요.

거듭되는 현장에서의 건축의뢰 상담. 이러다간 이곳에서 아무 일도 못 할 것 같습니다. 오랜 기간 동안 제 허리에 착용했던 낡고 낡은 공구주머니. 저에게 늙었다고 욕하고 나무랄 것 같습니다(가장 애착이 가는 소중한 거라고 했을 땐 언제고⋯). 하지만 저에게 진심으로 다가와 건축 공사하는 업자로서가 아닌 건축에 대한 정확한 조언을 해줄 수 있는 정직한 건축가라고 인식하는 분들껜 적은 시간이지만 기꺼이 내어드리겠습니다. 그런 생각에 이 땅과 가까운 곳에 조만간 좋은 집을 짓고자 하시는 몇 분들하고 어제 오후 시간을 보냈습니다. 점심도 쫄딱 굶고서….

세상 정말 좁은 것 실감합니다. 어제 해질 무렵 현장을 나서는 시간에 이 땅과 경계를 하고 있는 땅에서 어느 분이 밀짚모자를 깊게 눌러쓰고 땅에 콩을 심고 계시더군요. 해서, 그분께 제가 옆에 건축하는 사람인데, 작업을 하다 보니 공간 확보를 위해 선생님 땅에 잠시 건축자재를 야적해 놓았다고 양해의 말씀을 구하고 그 자리를 벗어나려는데, 앉아서 콩을 심으면서 본인의 땅이 건축하기에 괜찮은 땅이냐고 물으시더군요. 해서, 제가 알고 있는 만큼만 말씀드렸습니다. 그 후 그분께서 저의 명함을 달라기에 앉아 계시는 그분에게 다가가 쭈그려 앉으면서 드렸습니다. 그러자 그분이 갑자기 벌떡 일어나면서 "네가 내가 알고 있는 그 김민중이구나." 하면서 웃으셨습니다. 전 놀라서 서 계시는 그분 팔도 어루만지고 깊게 눌러쓴 밀짚모자를 들춰내면서 "너 누구야?" 했죠. 그냥 날 알고 있는 반가움과 호기심에…. 그분은 웃기만 했습니다. 그분께서는 그럴 수밖에 딴 도리가 없었겠지요.ㅎㅎ 결국은 제 성화에 못 이겨 큰 웃음과 큰소리로 하신 말씀. "야, 김민중, 내가 니 중학교 2학년 때 담임선생이었고 수학을 가르쳤는데 넌 날 몰라보냐? 착하고 공부 제일 잘해서 널 예뻐했었는데…."

그 말씀을 듣는 순간 전 꽁꽁 얼어 버렸습니다. 이런 황당하고 죄송한 일이 있나…. 공사 시작부터 쭉 지켜보셨던 모양입니다. 이렇게 미련한 곰 같은 제자와 74세의 건강하신 모습의 스승님과의, 오랜 세월이 흐른 뒤의 첫 만남이 이루어졌습니다.

선생님 죄송합니다. 그리고 반말 했었던 건 밀짚모자 밑으로 보이는 모습이 너무 젊어 보여 동창일 거라고 생각했거든요. 저 그렇게 못되지 않았거든요…. ㅎㅎ. 이제 자주 뵙겠네요. 시간만 내주시면 맛있는 식사 대접하겠습니다.

인연은 무엇보다 소중한 만큼 깁니다. 그러기에 만나야 되는 사람은 결국 만날 수 있나 봅니다.

▶ 기다리는 건 역시 힘드나 봅니다

무례한 언행을 서슴지 않았던 한 제자는, 지금은 스승님이 행여 오늘 해질 무렵엔 오시지 않을까 하는 생각에, 세워지고 있는 건물 2층 높은 곳에 서서 이곳저곳 바라봅니다. 또 한 분을 기다리고 있습니다. 심슨 가의 총대장이신 분, 예쁜 등산화 구경 좀 하려고 했는데 요즘 날씨가 고르지 않아서인지 통 뵐 수가 없습니다. 금방이라도 자전거 싱싱 타시고 오실 것 같은데….

오늘 아침엔 뵙기를 기대하는 분은 오시지 않고 미운 사람만 다녀갔습니다. 땅끝마을 해남 슈바이처 선생께서 말입니다. 오늘 해남 어울림한의원 진료시간이 오후 2시라서 시간 많다면서 현장에 온다기에, 늙은 사람 뭐 하러 만나러 오느냐며 만나지 않겠다고 놀렸습니다. 선한 명의를 꿈꾸기에, 공부와 진료하기도 바쁜 사람임을 잘 알기에…. 소중한 시간 가급적 빼앗지 않으려고 저 역시 찾지 않으려 애씁니다.

그런데 제가 이 더운 여름에 현장에서 땀만 뻘뻘 흘리고 수박도 못 먹고 있을까봐, 어디서 구했는지 유명하다는 고창 공지매 수박(잘은 몰라도 신선초를 넣어 재배한 황토배기-친환경 게르마늄 농법 재배)을 가지고 왔습니다. 맛 겁나게 있더군요. 또다시 바쁜 일 제치고 다시 찾아오면 맴매~!

그제 아침엔 졸지에 제가 제비 엄마가 되었습니다. 며칠 전부터 계속되는 폭염에 작업 인원들 걱정돼서 틈틈이 구운 소금을 물에 희석시켜 주면서도, 짜지 않을까 하는 생각도 들고 미안하기도 하고…. 해서, 회사 옆에 있는 약국에 말씀드렸더니 고맙게도 '식염 포도당' 정제 한 통을 특별히 구해 주셨습니다. 그것을 들고 와 작업 인원들에게 "아~." 하며 장갑 벗기 뭐하니 입만 벌리고 있으면 넣어 준다고 하자, 다들 "아~." 해서 알약 2정과 드링크제를 넣어드렸지요. 그렇게 해서 18정이 소요됐습니다. 그럼 작업 인원이 몇 명일까요? ㅎㅎ.

그 자리를 떠나는 순간 갓 지어진 제비집에서 갓 태어난 아기 제비들이 입 벌리고 있는 모습이 생각나 터지는 웃음을 참느라 혼났습니다. 하지만 이렇게라도 해줄 수 있는 게 다행입니다. 작업은 어려워도 순조롭게 진행되고 있습니다. 날씨가 변수지만, 그건 제 부족한 힘으론 어찌할 수 없으니….

탄탄한 기초 위에 1층의 공간들의 벽들과 2층 바닥(1층 천정이라 해도 되는데…)까지만 철근 배근하고 거푸집 설치하고, 그 사이에 설비배관 및 전기배관을 하여 콘크리트 타설을 고민하다가(구조가 복잡해서), 세월이 훌쩍 흐른 뒤 이 집을 지킬 얼굴도 모르는 심슨 가 후손들 중에 건축에 대한 깊이가 있는 건축가가 있다면, "더 좀 고민하면 1층 벽, 2층 바닥, 1층으로만 형성되는 부분의 경사 지붕을 한꺼번에 타설하는 방법이 있었을 텐데."라며 혀를 끌끌 차게 되면, 저는 떠나 없겠지만 그 또한 망신이겠지요. 해서, 망신당하지 않으려 온종일 작업하는 2층 바닥에 서서 궁리, 궁리했습니다.

고민 끝. 휴~. 역시 작업자들엔 2분류가 존재함을 또다시 느낍니다. '이렇게 굳이 안 해도 되는데.' 하는 이와 '이런 작업 생전 첨 해봐서 힘들고 머리 아프지만 많은 것 배우고 있노라.'고 말씀 하시는 분들.

어제는 아침부터 내리는 비 때문에 현장이 쉬게 되어, 직원 데리고 천안에 올라갔습니다. 몇 년 동안 이리저리 달아날 궁리만 하다가 이제는 도저히 달아날 방법이 없게 되어(더 기다리게 하다간 결별할 것 같아서, ㅎㅎ.) 결국은 제가 항복했습니다. 리모델링 작업 할 공간에 대한 실측을 한 것입니다. 지금 이 현장 상황으로 볼 때 잠시도 한눈팔기 어려워 어쩔 수 없이 직원들만 보내야 하니…. 꼼꼼히 계획도 세우고 철저히 준비해야 할 것 같습니다. 여러분들, 함부로 약속하면 저같이 됩니다.

2008년 7월 21일 ──▶ 늘 전 즐거워합니다, 남 힘든 줄도 모르고

태풍 '갈매기'가 저 멀리 진짜 새가 되어 날아갔나 봅니다. 오늘 예정되어 있던 콘크리트 타설. 어제 오후부터 오늘 늦은 8시 넘은 작업완료 시각까지 비 제발 내리지 말기를 몇 번을 기도하고 일기예보 확인에 매달렸는지 모릅니다. 이제 휴, 또 한 고비 넘었습니다.

많은 작업자들, 펌프 카 기사님, 줄 서서 차례를 기다리던 레미콘 기사분들, 오늘 늦은 시각까지 참으로 고생 많으셨습니다. 그분들 중 가장 힘드셨을 철근작업 대장님, 오늘도 웃통 벗어젖히시고…. 안쓰럽고 고마웠습니다. 이 집의 머릿돌에 예쁜 글씨로 멋있게 '철근대장 이종복'이라고 새겨

드릴게요. 어려운 가운데 보이는 완성도에 늘 전 즐거워합니다, 남 힘든 줄도 모르고.

오늘 기다리고 있었던 분들 중 한 분인 심슨 가 총대장님 오셨습니다. 자전거 뒷좌석에 작업자 위로주(시원한 맥주)를 한 가득 싣고서요. 예상대로 씽씽 달려오셨습니다. 멀리서 오시는 님 모습이 반가워 버선발로 달려가는 사람의 심정을 알 것 같습니다. 지금만큼의 건강 유지하시고 사셨으면 합니다. 참고로, 지난번 둘째아들로부터 선물 받고자 하셨던 등산화, 등산복은 가게 주인이 바뀌어 다음으로 보류하셨답니다(더 좋은 걸로 사시려고 그러시나? 전 모르지요). 기다리는 건 역시 힘드나 봅니다.

2008년 7월 24일 ▶ 오랜만의 휴식, 충전 완료

누드를 즐기는 사람은 집마저도 누드로 만드는 걸 좋아하나 봅니다(1층 거푸집 해체 중). 모든 이의 값진 땀방울만큼 심슨 가의 대물림 1호 집은 키가 점점 커지고 있습니다. 어느덧 지층 4.5M+1층 3.2M+2층 3M+지붕 2M(더하면 12.7M 4층)에 곧 도달할 것 같습니다. 7월 말 골조공사 완료를 목표로 모두 다 힘을 내 전력 질주 합니다. 골조 팀들은 검게 그을린 얼굴만큼, 흘린 소중한 땀만큼 황금 같은 휴가를 가게 됩니다. 본인들의 임무 완료가 이제 며칠 남지 않았습니다.

어젠 모두 다 지칠 시간인 오후 4시경에 스콜성의 비가 쏟아졌습니다. 악덕 기업주라는 소린 듣고 싶지 않아 기쁘게 중단시켰습니다. 현장에 있다 보면 일도 이야기도 많습니다. 비에는 2종류가 있답니다. 하나는 일꾼 비로 오후 새참(간식) 먹고 난 후 내리는 비(작업 중단하고 집에 돌아갈 때 해가 쨍쨍), 또 하나는 얌체 주인장 비로서 일 마칠 때 내리는 비. ㅎㅎ.

작업 인원이 모두 떠난 후 현장 사무실에서 이런저런 생각으로 몇 시간을 그냥 그렇게 앉아 있었습니다. 현장 사무실 창밖의 풍경. 내리는 비와 최근 토목작업 덕분에 갓 돋아나는 풀들의 연초록 흔들림, 적막함. 해서, 한참을 그냥 멍하니 있었습니다. 귓가에 맴도는 호세 페리치아노(Jose Felichiano)의 레인(Rain)과 류이치사카모토(Ryuichi Sakamoto)의 레인(Rain, 마지막황제 OST). 오랜만의 휴식. 충전 완료. 붕~, 휘리릭~.

2008년 7월 30일 ━━● 오늘은 저녁 먹지 않아도 배고프지 않을 것 같습니다

소낙비, 그리고 무지개. 참으로 오랜만에 볼 수 있는 풍경이었습니다.

지난 며칠 이런 저런 일들로 바빴습니다. 드디어 많은 분들의 관심과 기도 속에서 무사히 심슨 가 대물림 1호 주택의 가장 중요한 골격인 골조공사 콘크리트 타설 작업이 완료되었습니다. 며칠 후면 속살을 드러내겠지요. 이른 아침부터 많은 작업자들의 수고 덕분에 잘 마쳤습니다. 모두들 표정이 밝습니다. 하지만 아쉽다고 하네요. 이 부족한 사람이 해주는 심부름을 당분간 못 즐겨서. ㅎㅎ. 그간 작업장에서 서로 의지하고 격려하며 작업했던 골조 팀들은 이제 다른 현장으로 떠나야 할 시간이 온 것 같습니다. 본인들의 임무를 확실히 마쳤으니까요.

늘 전 이런 시간들이 오면 힘듭니다. 근일 내 다시 만나겠지만. 골조 팀 총대장 이강진, 철근대장 이종복. 골조 팀장 채규영, 그 외 여러분, 정말 고마웠습니다. 전 여러분들과 작업을 함께 할 수 있음이 행운이었다고 기억할 겁니다. 며칠 후면 밖과 안에서 또 다른 팀들과 이 여름을 태우게 되겠지요. 현장 사무실에 걸린 붉게 불타는 모악(母岳)의 가을 풍경처럼.

오늘은 저녁 안 먹어도 배고프지 않을 것 같습니다. 키와 몸무게도 원하는 만큼 커졌고 부지성토 및 조경용 좋은 흙도 구해졌으니. 룰루랄라~.

2008년 8월 1일 ➡ 축복 내릴 그 땅에 별빛이 쏟아져 내리면 좋겠습니다

오늘은 8월의 시작입니다. 이른 아침부터 골조 팀은 부산하게 움직이며 이곳 현장을 떠날 마지막 정리를 마쳤습니다. 제가 정리는 다른 인원이 하면 된다고 만류했으나, 말년이라서 그런지 도무지 말을 듣지 않습니다. 저를 남겨 두는 일이

편치 않았나 봅니다. 그렇다고 제가 따라갈 수도 없는 일이어서 그냥 멍하고 바라다 볼 수밖엔 도리가 없었습니다. 이제 전 이곳에 남아 그동안 제 머릿속을 수세미 속처럼 엉켜 있는 모습으로 가득 채우고 있던 내 외부 마감에 대한 생각보따리를 하나씩 밖으로 꺼내서 비워야 맑은 정신이 날 것 같습니다.

이제 시작입니다. 그간 정든 골조 팀은 임무를 성공적으로 마치고, 화

러한 휴가를 떠나보내고 올해도 여름휴가 못 가는 사람과 휴가에서 돌아오는 또 다른 팀들과의 치열한 전쟁을 하게 되겠지요. 하지만 걱정은 안 합니다. 다들 좋은 사람들이므로 제가 코피 날 염려는 안 합니다.

내일 밤 미래의 집주인인 심슨 가족은 이곳 현장 사무실을 캠핑 하우스로 삼고, 배고플 땐 라면도 끓여 먹고 삼겹살도 구워 먹고, 목마르면 물도 마시고 가끔은 모기에게 헌혈도 하면서, 심슨 가를 훔쳐가지 못하도록 단단히 보초를 서게 될 것입니다(못된 사람이 착한 사람들에게 며칠 전 꼬드겼거든요). 현재의 집주인인 저는 휴가 못 가는 대신 늦은 밤 시원한 영화관에서 시원한 커피 마시며 재미있는 영화 볼 겁니다. 모기야, 어서 달려가! 심슨 가족 피는 달콤하단다. ㅎㅎ.

그래도 내일 밤엔 그 축복 내릴 땅에 별빛이 쏟아져 내리면 좋겠습니다.

2008년 8월 13일 ➝ 임시 현관문을 설치하고 봉(封)했습니다

이제 반환점을 지나 목적지가 저 멀리 보일 듯합니다. 늘 겪는 일이지만 조명 희미한 오래된 긴 터널을 빠져나온 느낌입니다. 그동안 머릿속을 가득 채웠던 각 공간의 작업계획 및 이미지도 많이 정리된 것 같습니다. 한결 머리가 맑아졌습니다.

외부 작업과 병행해서 본격적인 내부 작업을 오늘부터 시작했습니다.

　작업의 능률과 관리를 위해서 독하게 맘먹고 임시 현관문을 설치하고 봉(封)했습니다. 어쩔 수 없어서요. 미안하고 죄송합니다. 심슨 가도 예외는 적용하지 않습니다. 누가 뭐래도 제가 현재의 집주인이니 모든 게 제 맘이죠, ㅎㅎ. 미래의 집주인인 심슨 가 두 분께서 지난 일요일 현장을 방문하셨을 때, 대충 향후 각 공간의 작업진행 방향만 설명해 드리고 일방적으로 제 뜻을 전했습니다. 완성되기 전 마지막 내부 공간을 볼 수 있는 기회라고…. 그날 연필(정밀묘사용) 깎기 귀찮다고 가끔 느끼는 게으른 사람의 요청에 흔쾌히 연필 2자루를 예쁘게 깎아 주셨습니다. 늙어 가니 자꾸 꾀만 느는 것 같습니다. 근데 뭘 그려야 할지 모르겠네요, 예쁜 연필로!

삶에는 쉼표가 반드시 필요하고
이벤트도 가끔은 필요합니다

　심슨 가의 대물림 집은 오늘도 색동옷으로 갈아입고 있습니다. 겉옷과 속옷을…. 그 더운 폭염은 내년을 기약하고 먼 여행을 떠났나 봅니다. 아침저녁으론 선선해졌습니다. 여러분들도 이른 가을 감기 조심하십시오.

　오늘은 외벽의 고운 치장벽돌 줄눈 작업과 내부의 내장 작업을 진행했습니다. 오늘도 외부인은 물론 이 집 미래의 주인인 심슨 가족도 예외 없이 내부 출입금지입니다. 좋은 쌀과 맑은 물로 가마솥에 정성을 다해 밥 짓기 위해 뜸 들이는 중에 슬며시 솥뚜껑 열다간 김이 새어나가 설은 밥 먹기 쉽거든요. 전 손님에겐 절대로 맛없는 밥 대접 안 하고 싶습니다.

　오늘은 일주일간의 고단함을 씻을 휴식의 시간임에도 제 청을 거절 못하고 기꺼이 작업해 준 많은 작업자들과, 외부 일부분에 조금 붙여질 석재(돌) 작업을 위해 구원 요청을 하자 흔쾌히 받아들이고 지인과의 골프 약속까지 미루고 멀리서 한걸음에 달려와 주신 분에게 제가 고마움의 표시로 오후에 대접할 간식거리를 고민하다가, 결국은 쪼그리고 앉아 땀 뻘뻘 흘리면서 휴대용 가스레인지에 프라이팬 올려놓고 올리브기름을 붓고, 계란 한 판을 프라이해서 모두에게 의무적으로 시식케 했습니다. 별것 아닌데 다들 제 행동이 우스워서 그런지 즐거워합니다. 삶에는 쉼표도 반드시 필요하고, 타인을 위해선 이벤트도 가끔은 필요하다고 생각합니다.

　심슨 가의 이번 추석을 이 집에서 맞이하게 하기 위해선 지금까지 고민했던 것보다…. 이러다 추석 지나고 대머리 될 것 같습니다. 가발가겐 중에 추석 연휴에도 영업하는 곳 있는지 알아봐야겠네요!

장마 때는 습기 있는 열기라도 그리운 나날입니다. 어제 말복이었는데 이름값 하더군요. 소장님! 그간 안녕하셨는지요? 참으로 오랜만에 인사드리지요? 정말 가끔 보고 싶고 생각났습니다. 저희도 소장님 사랑과 따뜻한 염려, 배려 덕에 잘 지내고 있습니다. 올 초 1월에 어렵사리 준공이 나고 입주했습니다.

작년인가요? 귀한 만남으로 맺어져 해남까지 맨발로? ㅎㅎ. 뜨거운 햇살 머리에 이고 달려가던 기억이 정말 새록새록 납니다. 그 날 맞난 한정식도 사주시고요. 절대 잊지 못할 겁니다! 그만큼 간절하고 뵙고 싶었던 저희들만의 그 사정. 그 모든 것들이 한 편의 시와 같고, 지금도 가끔 전광석화처럼 지나갈 땐 입가에 웃음이 머물다 갑니다. 참 특이한 사정으로 비록 소장님 손길이 죽 이어지진 못했지만, 그간의 애틋한 정과 귀한 만남의 한 장이 어디 가겠습니까? 우리 소장님, 킴스디자인 회사와 하시는 일들, 목표하시는 일들 하반기에도 잘 이루어지시고, 뜻 하시는 바 꼭 이루시길 바랍니다.^^

참, 오랜만에 글 잘 읽었습니다. 어찌나 반갑던지요. 이쪽 남원 근처에 오시면 전화라도 주세요. 꼭 식사 대접하고 싶어요. 초대가 늦어서 대단히 죄송스럽습니다. 늘 꿈같이 기다리겠습니다.

김 과장님, 또 잘생긴 청년 이름을 까먹어 버렸네요. 모두 잘 계시지요? 전주에서 지금 공사하시는 일도 마무리까지 안전하게 잘하시고, 소장님의 세심한 배려가 건축주들에게 큰 기쁨과 만족이 되었으면 좋겠습니다. 3월에 큰 슬픔이 있으셨더군요. 산림환경신문 보고 알았습니다만, 위로가 늦었습니다. 죄송합니다. 주님의 큰 위로가 유가족 분들께 갑배나 있으시길 마음속으로 빕니다. 점점 뜨거워지는 태양 아래 현장에서 고생하실 소장님과 모든 관계자 분들의 건강을 빌겠습니다.

다시 만나 뵐 때까지 안녕히 계십시오.~!

지리산에서 구현서 올림.

RE : 만나야 되는 사람은 다시 만날 수…

또다시 게으름 피우다 연락드리지 못해 죄송합니다. 머리가 단세포로 구성돼서인지 뭔가에 빠지면 도무지…, 여전히 그렇습니다. 관계회사 각 부분별 모든 인원들이 충분한 믿음을 잃지 않고 각자의 책임을 다하고 있으니, 그저 전 하고 싶은 작업을 하면서 충분히 즐거움을 만끽하고 있나 봅니다. 이 여름이 지나가고 가을이 오면 꼭 아름다운 사람들과 풍경이 있는 그곳에 가고 싶습니다.

막내 공주님 키가 쑥 커져 있겠네요. 보고 싶네요, 가족 분들. 건강하시고 이 여름 빛나게 보내시길 기원하겠습니다.

2008년 9월 15일 — 주마등처럼 스쳐갑니다, 모든 것이

▲ 頂上(정상) - I
필요한 만큼의 시간과 기다림의 여유를 진실로 알고 있는 자의 몫이 아닐까!?

▲ 별빛 쏟아지는 오후

비몽사몽간에 이번 추석은 이렇게 지나가는 모양입니다. 자꾸만 눈이 감깁니다. 며칠 전(9월 11일) 심슨 가는 입주를 했습니다. 물론 아직 미진한 부분이 남아 있지만…. 건축을 시작한 이후 가장 고민 시간을 많이 가지면서 작업에 임했던 것 같습니다. 대물림을 위한 집이기에 말이죠. 이후엔 이런 집을 다신 못 지을 것 같습니다.

수많은 작업자들은 떠나고 심슨 가족들만 남아 있습니다. 그 축복이 내릴 땅(담임선생님 땅) 곁에 폭염의 여름을 지킨 현장 사무소는 아직 굳건히 서 있습니다. 어느 곳으로 옮겨갈지 모른 채…. 그동안 많은 건축 의뢰인들과의 미팅이 있었지만 아직 결정을 못 하고 있습니다. 물론 심슨 가 두 분 같은 느낌의 분을 만났었더라면, 어쩜 결정했을지도 모르지요. 평생 만나고 싶다는 분 말입니다. 곧 나타나리라 생각합니다. 이번 추석 연휴 지나고 한 이틀 동안은 부족한 부분 채우고, 이곳을 떠나 며칠간이라도 휴식과 재충전의 시간을 가질까 합니다.

심슨 가의 대물림 집은 제 눈에 보이는 부분은 놓치지 않으려 최선을 다했기 때문에 후회나 허탈함은 타 작업에 비해 적은 것 같습니다. 저는 또다시 인연의 소중함을 기억하고 살면서 이 집이 아름답게 변해 가는 모습을 지켜볼 겁니다.

아, 졸립다~. 검토 30일 작업 90일간의 치열한 작업 사진들, 정신 차린 후 정리해서 올리도록 하겠습니다. 여러분도 건강하시고 아름다운 가을 맞으십시오. z z z 쿨쿨쿨….

진안안천 만남 / 고난이도 건축 부지 / 터파기 4.6m / 자림원 친구들 / 종합사탕 퇴짜사건 / 누드 맨 / 비계 설치용 강관 도난사건 / 폭염/ 화상 / 현장에서 계란프라이 / 삼겹살 파티 / 스콜성 소나기 / 무지개 / 새벽 5시 지붕 위에 오르다 / 중 2때 담임선생님과의 해후 / 붉게 물든 석양 / 벽돌 고르기 / 작은 안전사고 2회 / 지인들의 격려방문 / 새벽시간 그림 작업 /

작두(펌프) 들고 나타난 처자들 / 작은 일에 멀리서 기꺼이 달려와 준 고마운 분들 / 서서 졸던 시간들 / 갈비뼈 구타사건 / 늦은 시각 끌던 리어카 / 작업자 화해용 땡초 먹이기 / 테라코타 얼굴 / 노오란 테트리스 게임기 설치 / 세계지도 구하기 / 고재 구하기 / 작업에 참여한 수많은 분들…, 모든 게 주마등처럼 스쳐갑니다.

▲ 우리에게서 잊혀져가는 것들 200806 - 작두(PUMP)
심동민, 심동준 젊은 친구들….
세상에 필요한 사람이 되기를 희망한다.

▲ 우리에게 잊혀져가는 것들 200807 - 호롱불
우린 늘 시간이 부족하다고 불평하면서
늘 시간이 무한정 있는 것처럼 행동합니다.

▲ 우리에게서 잊혀져가는 것들 200808 - 등잔불
심슨 가 후손은 세상의 어둠을 밝혀 줄
빛이 되리라 생각합니다.

▲ 우리에게서 잊혀져가는 것들 200808 - 솟대
우린 늘 곁에서 지켜주고 있는 고마운 분들을
잊고 사는 날이 많음을 알고 있습니다.

07 땅끝마을 해남의 슈바이처에 대하여

선한 명의가 되시기를 소망하며…

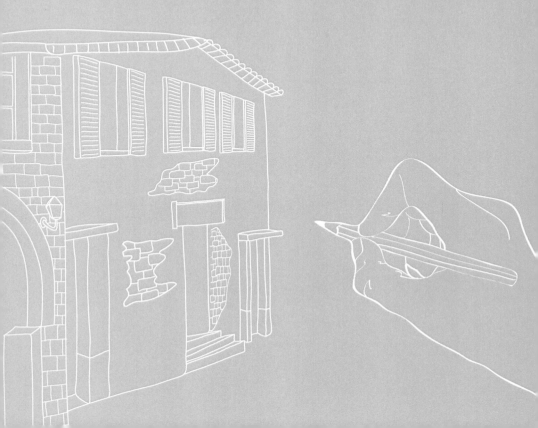

땅끝마을 해남

2007년 4월 18일 ➡ 무섭게 돌진하는 코뿔소처럼

연초록빛으로 변해 감을 느끼며 즐겁게 만사 다 잊고서 온종일 어느 노교수님(존경하지만 친구처럼 편하게 다가가고 싶은 분)의 2층 주택(나이 40년 정도)을 싱싱한 청년으로 탈바꿈시키는 그 현장에 두 사람이 나타나, "땅끝자락에 없는 돈 추렴해 땅 계약하자마자 왔으니, 비새지 않을 정도의 한의원 지어 주세요." 하고 무언의 압력을 가했습니다, 무섭게 돌진하는 코뿔소처럼. 대책 없는 사람의 손엔 한의원 개원 계획서가⋯. 이런 황당한 일이 있나.

그 글들을 저 혼자서 보기가 아까워 아들 두 녀석에게 정독하게 했었지요. 왜 그랬는지 설명은 하지 않겠습니다. 그 두 녀석이 슈바이처가 될 분인 것 같다고 해서⋯.

2007년 4월 18일 ➡ 꼬드김에 악연은 시작되었습니다

결국 맘 약한 사람은 손들어 버렸습니다. 그렇게 악연은 시작되었나 봅니다. 노교수님의 아담한 주택을 젊은 청년의 모습으로 변하게 하는 작업들을 완료하고 나자 교수님 사모님 하시는 말씀. "밖에 나가 멀리 살고 있는 자녀들이 예전에 살던 본인들 집 잘 찾아오도록 변한 모습을 사진 찍어 미리 보내야 할 것 같네요." 그 말씀에 힘들었던 시간들이 봄눈 녹듯 스르르 사라지더군요. 지금까지 살아오시던 것처럼 행복하셨으면 합니다.

더 지체하면 다른 예정된 일들 때문에 해남의 머리 아픈 작업에 대해 우선순위가 바뀔 것 같아 해남에 가기로 했습니다. 10여 년 전 해남 가학산 자연휴양림 조성공사의 힘들었던 추억을 기억하며, 이미 없어진 읍내

입구변 검문소, 공사기간 동안 현장에 상주했던 직원들 중 유독 한 명에게만 숙소에서 출퇴근 시 매일 검문했다는 이야길 듣고 제가 그 직원 얼굴을 성형해 주겠다고 했었거든요. 그 검문소가 서 있던 길을 지나 해남의 슈바이처가 머물 공간을 세워야 하는 그곳(아이들 뛰놀기 좋은 방방이 놓인)에서 그렇게 만났지요. 그 의미 있는 땅을 둘러보고서….

해남의 자랑할 만한 기품이 깃든 전통찻집 동다원에서 주인장께서 손수 만든 생강차를 마시고, 그날 슈바이처 둥지 건축 평면은 확정되었고, 해남 지역 건축설계 사무소 측에 인허가 처리 등을 의뢰했습니다. 현지에서 슈바이처 될 사람이 해야 될 여러 가지 귀찮은 숙제를 내드렸지요. 융숭한 저녁 식사 대접까지 하면서 날 꼬드겼습니다. 돌아오는 길에 실로 이 걱정 저 걱정 하면서도 행복했습니다.

2007년 4월 18일 ━ *머리가 많이 아팠습니다*

평면수정, 모형검토, 제작, 수정, 수정, 제작….

머리가 많이 아팠습니다. 왜 제가 이렇게 복잡하게 사는지 모르겠습니다. 어쨌든 볕 좋은 주말(4/14~15)을 꼬박 매달려 결정했습니다. 막내아들(중3, 사진 속 인물)이 건물 외관 결정에 한몫 단단히 했습니다. 덕분에 공사의 난이도는 높아지겠지만, 본인이 해야 하는 일 아니니…. (본인은 걱정 없었겠지요, ㅎㅎ. 난 걱정인데.)

→ 죄송한 마음 가득하더군요

　　해남 슈바이처 박 원장을 두 번째 만나러 가는 길은 봄이 완연했습니다. 전주의 노교수님(성이 노 아니고요, 성함은 김성환 교수님) 댁 작업이 끝난 지 며칠 안 되는데, 또다시 뵙고 싶어 구실을 만들기 위해 해남 가는 길. 나주 영산포에 들러 홍어회를 포장해 차에 싣고(덕분에 온종일 차안이 홍어 향으로 가득~), 해남에 도착했지요. 힘든 결정을 쉽게 했습니다. 정말 좋은 의술이 아니라 인술을 펼칠 분이기에 말입니다. 이건 결코 아부 아님. 아부할 심정 아님~.

　　뵙고 싶었던 슈바이처 박 원장님의 부모님. 콩 심은 데 콩 나는 거고 팥 심은 데 팥 나오는 것이 세상의 진리인 것을 새삼 깨달았습니다. 봄볕에 검게 그을린 모습, 맘이 찡했습니다. 하지만 훌륭한 분들이셨습니다. 융숭한 식사 도중 하셨던 말씀들…. 모두가 새겨야 할 말씀들이었고, 우리네 부모님의 마음이었습니다. 님들 약 오르실 것 같아 점심 식사 했던 식당 이름은 밝히지 않으려 했으나, 현 문화재청장 소임을 맡고 있는 유홍준 씨의 『나의 문화유산답사기』에 소개된 해남의 천일식당 이었나이다. 돌아오던 길 내내 죄송한 마음 가득했습니다. 슈바이처 어머님께서 멀리서 온 사람에게 주시기 위해 고구마 쪄놓았다고 하셨는데, 바쁘단 핑계로 잊고서 그냥 오다가 기억나 송구했습니다. 어떤 선물보다 적어도 저에겐 그 마음 와 닿았습니다. 다음에 기회 되면 맛있게 먹겠습니다.

　　해질 무렵 이곳 전주에 도착해 교수님 댁에 홍어 꾸러미 드리고 기쁜 마음으로 그렇게 돌아 왔습니다. 맛은 있으셨는지…. 그렇게 불현듯 보고 싶은 사람에게 가끔은 대책 없이 가곤 합니다. 대문이 잠겨 있으면 줄에 묶어서 담장 넘어 내려놓고 올 지라도….

어젠 땅끝마을에 소요될 자재 찾으러 경기도 양지 IC 근처와 곤지암 부근에 다녀왔습니다. 조금은 멀리 다녀온 것 같습니다, 직원이 운전하는 차 안에서 줄곧 하품이나 하면서. 햇살 아래 꾸벅꾸벅 졸고 있는 닭 그 모습이었던 것 같습니다.

슈바이처 둥지 어딘가에 장식될 몇 가지 작업들을 하느라고 그제 늦은 밤부터 어제 이른 아침까지 고민하며 부산떨었던 것이 화근이었나 봅니다. 본격적인 해남의 작업이 시작되면 마음의 여유가 없어지고, 현지에서 작업하기엔 여러 가지로 어려움이 있을 거라는 걸 익히 알기에 시간 가는 줄 모르고 그림 작업을 했기에⋯. 덕분에 죄 없는 김 과장만 혹사시켰나 봅니다. 악덕 기업주라는 소리는 참으로 듣기 싫은데 말입니다.

졸고 있다가 커피 생각이 나서 휴게소에 들렀다가 슈바이처 목소리가 듣고 싶어 전화하니, 그 시각에 땅끝 자락에 있는 두륜산 정상에서 둥지를 꽃 피울 두 사람이 대화하고 있던 중이라고 했습니다. 부지런하고 대책 안 보이는 사람들인 것 같습니다. 남들은 오르기 힘들어 편한 찻집의 푹신한 소파에 앉아서 이야기할 텐데요. 그렇게 살기에 적어도 이 사람 눈엔 슈바이처 선생이 한의대 입학 후 공부하다 군 입대를 두 번 정도 한 후 제대하여 복학, 졸업한 것처럼 느껴지는지도 모르겠습니다(참고로 94학번, 졸업은 06년, 이해되나요?). 이건 절대로 본인이 늦은 이유를 설명한 적 없었으며 나 역시 애써 알고자 질문한 적 없고, 모르는 게 약이라 생각되어 그 진실을 알려고 하지 않습니다. 저 또한 상대를 입장 어렵게 만드는 재주를 가지지 않으려 노력하며 사는 편입니다.

아무튼 어떤 길을 오랫동안 걸어간다는 건 때론 힘들지만, 눈감고도 그 길을 훤히 알고 갈 수 있어 칠흑처럼 어두운 밤에 도움 될 때가 많음을 저는 잘 압니다. 그래서 그런 분들을 놀리지 않습니다.

며칠 뒤 만나기로 했습니다. 그날도 추측했던 그 진실에 대해선 함구할 생각입니다. 마음입니다. '난 네가 지난여름 한 일을 알고 있다'라는 영화 제목을 결코 본 적 없으니 그러할 수밖엔 딴 도리가 없을 것 같네요. 다만 그날이 기다려집니다.

RE : 칠흑 같은 어둠이 있어 (빠삐용)

깜박이는 게 힘들어 보이는 꼬마별이 아름다워 보이고, 억지로 잘라낸 손톱보다 작은 달에 감사하게 만드는 게 인생인가 봅니다. 그리고 어두운 밤은 하루도 거르지 않고 찾아오니 말입니다.

더 이상 힘들지 않으셨으면 좋겠네요, 파이팅. 해남에 좋은 일들이 많이 있으시길….

2007년 4월 25일 ➡ 세월이 흐른 후 회한으로 남지 않기 위해선 무리수도 필요합니다

지난 토요일(4월 21일) 이른 아침부터 보통날보다 더욱더 부산을 떨었습니다. 다름 아닌 예정에 없던 공사 아닌 공사로 인하여(전북 운봉읍 소재 세걸산기도원 예배당 건물) 최종적인 마음의 결정을 하기 위해서였습니다. 현지방문 및 작업 참여의사 표명을 위해 목사님과의 만남을 위하여 운봉으로 바쁘게 달려갔습니다.

해남 슈바이처님의 둥지를 만들기 위한 여러 가지 사전 준비와 다른 업무 등으로 운봉의 작업을 한다는 건 시간적인 제약에다, 어쩌면 또다시 직원들의 눈치 아닌 눈치를 보게 될 거라는 걸(가끔 지나치기 어려워 공사 아닌 참견(?)으로 인하여 회사의 재정상 손실을 만드는 무능한 오너의 모습을 보였기에) 알지만, 지난 목요일(4월 18일) 현지방문을 통하여 어려운 실정을 눈으로 확인한 이상 도저히 지나칠 수 없었지요. 바쁘다는 핑계로 모른 체한다는 건 시

간이 지난 뒤에 적어도 이 사람에게 많은 회한으로 남으리라는 걸 알기에 작업을 하기로 결정했습니다. 뵙고 돌아오는 길에 슈바이처의 전화와 메시지를 받았습니다. 저에게 용기를 주었습니다.

의미 있는 일로 인하여 해남 둥지의 착공이 늦어진다 해도 괜찮으며 오히려 편하게 받아들이라니. 사실은 그날 현지를 방문하여 열악한 환경을 눈으로 보면서 맘 편하지 못했지만, 이 일로 인하여 약속된 해남의 작업에 일정상 영향을 주는 건 아닐까 하는 걱정에 그 자리에서 목사님께 해결해 드리겠다는 약속을 하지 못하고 다시 전화 드리겠다는 말씀만 드리고 돌아왔거든요. 그날 오는 길, 맘 편치 못했었거든요.

2007년 4월 26일 ▸ 신선목수는 늘 좋은 음식만 먹어 동자승으로 다시 태어납니다

오늘이 며칠이지? 혼자 자문자답해 봅니다. 해남의 대공사를 앞두고 해야 할 일은 겁나게 많은데, 지금 어디서 무얼 하고 있는가?! 답은 지금 나에게 주어진 일들의 크고 작음이 중요할 건 없다. 현재까지 많은 작업을 하면서, 이번 작업이 나에겐 어쩌면 마지막 작업일는지도 모른다 하는 생각으로 여기까지 왔기 때문에, 어느 작업하나도 소홀하게 흘러가는 대로 해본 적 없었기 때문에, 이렇게 퇴출되지 않고 분에 넘치는 평가를 받으며 작업하고 있는지도 모르겠습니다.

가끔 지인들에게 말합니다. 지금 하고 있는 모든 일들 다 소중하지만, 언제든지 세인들의 입에서 이제 저 사람도 다른 이와 별반 다르지 않게 되었고 감각이 무뎌졌다고 하는 날 미련 없이 건축 작업을 접겠다고. 그런 불상사를 맞이하지 않는다면 훗날 지팡이 짚고 현장 이곳저곳을 돌아다니고 있겠지요. 그랬으면 좋겠습니다.

월요일부터 운봉 세걸산 맑은 공기 마시며 지리산 바래봉(4월 말경에 철쭉제 한다고 운봉읍 소재지에 플래카드 걸려 있던데요)을 멀리서 바라보며 신선목수가 되어 작업하고 있습니다. 정말 즐겁고 행복합니다. 점심엔 목사님 부부께서 지난 일요일 세걸산에서 채취한 무공해 두릅을 한 아름 데쳐 주셔서 인근 식당에서 맛있게 시식했습니다. 우리끼리 먹기엔 여러분들께 많이 미안했지만, 한 1년은 젊어진 것 같습니다. 계속 먹다간 운봉 세걸산 자락에서 내려갈 땐 동자승으로 변해서 갈는지도 모겠습니다.

수요일(4월 25일) 이른 아침부터 늦잠도 자지 않고 보내온 해남 슈바이처의 메시지. 인허가 접수완료, 해남 현장의 전기, 상수도 인입 문제없음, 부지 성토(4월 30일 예정). 온통 기쁜 소식이었습니다. 착하고 어진 사람에겐 일도 쉽게 풀리나 봅니다. 해남의 백수는 쉬지도 않고 잠도 없고 일만 해내는 백수인가 봅니다. ㅎㅎ.

정말 오랜만의 꿀맛 같은 늦잠이었습니다. 지난 월요일(4월 23일) 이른 아침 시작된 예정 없던 공사 아닌 공사(전북 운봉읍 소재 세걸산기도원 예배당 건물)는 아쉬움을 남긴 채 어제 늦은 밤(4월 28일)에 종료되었습니다. 목사님 가족들의 요청으로 예배당 강대상을 뒤로 하고 기념촬영을 했습니다. 가족 분들은 정말 기쁜 표정으로 고맙다는 말씀을 거듭하셨지만, 죄스러웠습니다. 지금껏 공사하면서 작업 일정에 쫓기지 않으려 했었기에 작업을 마친 후 눈에 거슬리는 부분이 적었었는데…, 이번 작업은 약간의 예외를 가져왔음이 적어도 제 눈에 비춰졌습니다. 언젠가 시간이 되면 다시 찾아뵙고 미진한 부분을 처리해 드려야 될 것 같습니다. 늦어도 9월 이전엔 다시 와야 할 것 같습니다. 목사님 가족 분들이 예배당 외벽에 돌을 쌓고 있는 작업이 완료되기 전엔…. 날이 갈수록 더워지고 쌓는 높이도 높아져 무척이나 힘드실 텐데요.

출발 전 넉넉지 않은 목사님의 방에서 따뜻한 차를 주시며 회사와 저를 위해 간곡한 기도를 해주셨습니다. 또 내일부터 시작되는 해남 슈바이처 둥지의 성공적인 건축을 위해 기도해 주셨습니다. 이 부족한 사람을 위해서 말입니다. 더군다나 오전에 목사님께서 자리를 비우신 게 우리를 위해 세걸산 자락에서 두릅을 채취하기 위함이었다는 걸 제 손에 쥐어 주시는 상자를 받고서야 알았습니다.

그 방의 벽에 표시된 막내공주의 키 높이는 단순한 키를 재기 위한 게 아니라는 걸 방문을 나서며 알게 되었습니다. 그건 막내딸 소원이 담긴 거라는 걸. 몇 년 전에 표시한 눈금에 도달하면 예쁜 집 지어서 온 가족이 함께 지낼 거라는 걸. 자세히 보니 수없이 표시된 눈금이 이제 한 5cm 정도 남아 있었습니다. 공주님은 기쁘겠지만, 목사님 부부의 마음은 무거우실 텐데요. 모든 일이 잘돼서 그런 날이 빨리 왔으면 좋겠습니다.

출발하기 위해 나서는 어두운 외딴집의 앞뜰에서 우리들을 배웅하기 위해 몇 미터씩 떨어져 지어진 조그만 방 이곳저곳에서 나오는 자녀들을 볼 수 있었습니다. 돌아오는 길 마음 뿌듯했지만, 마음 한구석에서 이 생각 저 생각으로 무거웠습니다. 작업에 참여했던 직원들에 대한 미안함(작업량에 적은 일정으로 진행 & 사장이라는 대책 없는 사람이 쉼 없이 작업을 했으니)으로 가득 찼습니다. 하지만 어떡합니까? 제가 은퇴할 때까진 제 꼴을 봐야지! ㅎㅎ.

내일 땅끝 마을 해남에 갑니다. 어진 백수를 만나러.

2007년 5월 1일 ▶ 첫걸음부터 차근차근 걷겠습니다

축복의 비가 그 땅에 내리고 있었습니다. 이른 아침부터 부지런한 백수께서는 임시 현장소장으로 승격되어 보이지 않는 완장을 차고서 커다란 덤프트럭(65대 분)과 포클레인을 지휘하고 있었습니다. 이럴 줄 알았으면 전주에서 노란색 완장이라도 만들어서 갈 걸 그랬습니다.

역시 군에 두 번 정도 다녀온 사람은 다르긴 다른 모양입니다. 빗속의 힘든 노력 끝에 성토가 완료되고 나니 취했을 때 적게 느껴졌던 땅(취득 후 땅 평수에 비해 적게 보여서 줄자로 일일이 재봤다는 후문)이 갑자기 뻥튀기 기계에 들어갔다 나온 것처럼 커 보이는 모양입니다. 땅의 평수는 고무줄 평수인

걸 이제야 알게 된 모양입니다(참고로 낮은 지형의 땅은 성토 시 커지고, 기초 완료 시 커지고, 벽체 완료 시 커지고, 지붕 완료 시 가장 크게 느껴짐). 성토작업 중 점심시간을 이용해 풀코스 닭요리를 소문난 집에 들러 맛있게 먹고, 해남의 대표적인 명산인 두륜산(대흥사) 정상에 올라(케이블카 타고 쉽게 올라왔습니다. 동행했던 직원 때문에. 워낙 등산을 싫어해 3층 이상은 올라가기 싫어해 현재 1층에 살고 있음. 케이블카 안내원의 미모 및 어투 기회 되시면 직접 감상 후 평가하실 것. 글재주 부족해 도저히 표현 불가. 해남 3절에 해당한다고 본인은 생각함. 두륜산 대흥사 케이블카 안내원), 눈앞에 펼쳐진 풍경화를 보고 나니 하산하기 싫었습니다. 성토작업이 촉촉한 빗속에서 이루어져 견고한 지반이 될 수 있으리라….

성토작업 완료 후 설계 사무소에서 최종적인 숙의 끝에 건물 배치도 합의, 결정했습니다. 이제 시작입니다. 첫걸음부터 차근차근 걷겠습니다. 축복해 주시고 기도해 주십시오. 정말 오랫동안 기억될 수 있는 건축물이 될 수 있도록.

2007년 5월 8일 → 아무튼 못 말리는 사람입니다

드디어 이렇게 축복의 땅에다 본 공사를 시작합니다. 많은 분들의 관심 속에서 차분하게 첫 삽을 들었습니다. 이곳저곳에서 제가 또다시 만사 다 제치고 떠난다고 아우성입니다. 부족한 사람에게 마음 주시는 것, 다 고맙게 받아들이겠습니다.

현장에 조그마하게 가설 사무소를 차렸습니다. 적어도 한달 가까이 이용해야 할 오두막입니다. 그래도 있을 건 다 있는 것 같습니다. 그 중 무엇보다 즐겁고 고마운 건 2개월간 근무키로 약정한 임시 수습사원(박 원장)의 성대한 환영식이었습니다. 좋기도 하겠지요. 백수생활을 탈피할 수 있는 기회니까요. 하지만 낮에는 현장 근처에는 접근불가 조약을 맺었기에 (이유는 철저한 개원 준비, 밀린 공부, 제가 내준 숙제 등), 아웃사이드에서만 근무하는 반쪽 직원이기에 봉급도 쥐꼬리만큼만 줘야 할 것 같습니다.

이제 시작이니 절반의 작업은 끝난 것 같습니다. 오늘 아침 현장에서 잠시 떠난 사이(현장 냉장고 구입) 반쪽 직원은 또다시 일을 저질러 놓고 말았습니다. 5월 8일 어버이날, 멀리 있는 두 녀석들을 대신하여 카네이션 화분과 떡을 슬그머니 놓고…. 아무튼 못 말리는 사람입니다. 어제 오늘 머리가 띵한 것 보면 무척 볕이 좋은 날인데도 말입니다. 이 햇빛 쨍쨍한 날 말릴 수 없다니, 참으로 난감할 따름입니다. 행실에 호통치려 했는데, 웃으며 어딘가에 출장 간답니다. 개원 전 이곳저곳 둘러봐야겠지요. 밝은 혜안으로 많은 걸 보고 듣고 느끼고 왔으면 합니다. 저도 개원 예정 일정과는 상관없이 차분히, 꼼꼼히 시작하려 합니다. 작업을 처음 시작했던 오래 전 그때처럼….

그나저나 어울림한의원 로고 디자인은 어찌할꼬? 머리 나쁜 사람 정말 머리에 쥐나겠소! 누구 없소? 아님 고양이 한 마리 데려와 머리에 올려놓을까?

5월 9일 기초 거푸집 설치를 완료하고 나니 제법 폼이 납니다. 하지만 오후부터 구름이 몰려오더니, 비가 오기 시작해서 결국 기초 콘크리트 타설은 뒤로 미루었습니다. 비가 올듯해서 대흥사가 있는 두륜산에 올라가 기도라도 하려 했으나, 그냥 꾹 참기로 했습니다. 이번에 정상 올라가는 케이블카에서 또다시 안내원을 만난다면 지난번 꾹 참았던 웃음이 나와 민망한 사태가 발생할 수도 있어 포기했습니다.

비 오는 현장을 벗어나 숙소로 돌아오니, 방 한구석에 처음 보는 접이용 밥상이 들어오는 저를 반기고 있었습니다. 오전에 대책 없는 사람이 전화해서 꼭 다녀올 곳이 있어 며칠간 해남을 떠난다고 하며 필요한 것 없냐고 해서, 다 좋은데 숙소에서 이것저것 작업하는 데 필요한 조그만 탁자가 필요하다고 했더니, 집에 있는 밥상을 가져와 놓고 간 모양입니다. 뭔말을 못 하겠습니다.

5월 10일 이른 아침에 해남에 소요될 목조 건축용 자재 1차분이 도착했고, 오후엔 기다리던 기초 콘크리트 타설이 완료되었습니다. 구름 한 점 없는 햇살 아래서….

그 시각 대책 없는 사람은 10여 년 전 회사에서 직원들이 힘들여 공사했던 전북 완주군 소재 고산 자연 휴양림을 찾아가 즐기고 있었습니다. 그래서 우리도 큰일 마친 기념으로 현장을 철수하여 두륜사 대흥사에 소풍을 다녀왔습니다. 모처럼 느껴 보는 여유로움이었습니다. 홧김에 했던 게 잘한 일이었던 것 같습니다.

대흥사 내려오는 길에 유선관(遊仙館, 유선여관)에 들러 늘 고생하는 직원들과 조촐한 파티(도토리묵. 해물파전. 동동주 등)를 했습니다. 모두가 즐거워하니 저도 기쁩니다.

2007년 5월 14일 ➡ 안녕하세요? ^^* (세걸산기도원 쁘디첼)

안녕하세요? 소장님? 사장님? 교수님? 뭐라고 호칭을 써야 될지 아직도 난감합니다. 저희 교회 예배당을 직접 지휘해 주신 분의 직함에 나름대로 어울리게 그냥 소장님이라고 편하게 부르겠습니다. ㅎㅎ. 사실 진작 한번 홈페이지를 방문했었는데 공사 일로 간단히 두루두루만 살피고 나가 귀한 글들과 그동안 쌓아 오신 업적들에 대해 많은 감동을 받고서도 인사 한 마디 없이 나온 게 늘 마음에 걸렸습니다. 오늘은 그간 공사하다가 콘크리트 비빔용 모래가 없어 땡! 쉬는 날이 되었습니다.

오늘은 남편과 오전에 취나물도 뜯고, 그간 누적된 피로를 풀었습니다. 하지만 막내 친구들이 들이닥쳐 잠시 편히 쉴 수만도 없었지요. 낼 스승의 날인데, 우리나라만 겪는 진통인지, 정작 귀히 여겨야 할 날이 이기심에 얼룩져 휴교를 하는 형편이 되고 말았군요. 그 어부지리로 그간 못 본 딸들이 저녁에 집을 방문했습니다. 우리 소장님 말씀도 나누었습니다. 깜깜한 밤중이라 아직 교회 공사는 보여주질 못해 안타깝지만, 밝은 내일 더 기뻐할 모습을 상상하며 꾹 참고 있습니다.

킴스디자인을 둘러보면서 많은 감동을 받고, 일부분이겠지만 소장님을 이해하고 알게 되어 참으로 만나 뵙게 된 걸 깊이 감사하고 있습니다. 해남에서 하루하루 고되지만 진액과 땀방울이 어려 있는 혼을 담은 시공으로 앞날의 슈바이처님께 힘이 되어 드리고 계시는군요. 날이 무척 더워지고 있습니다. 건강 유의하십시오!

참, 김 과장님과 경한 씨도 모두 안녕하신가요? ㅎㅎ. 정겨웠던 한때였습니다. 안부 전해주세요. ^^* 그럼 계속 수고 많으시겠습니다. 몸은 고되서도 맘만큼은 그 열정 이상으로 기쁨과 보람으로 꽉 메워졌으면 좋겠습니다. 안녕히 계세요. 소장님 화이팅!

RE : 세걸산기도원 가족 분들!

늘 부족한 사람에게 많은 관심 주셔서 감사합니다. 공기 좋은 땅끝마을 해남에서, 지금까지 건축하면서 시간과 여러 가지 제약 때문에 포기하고 생략해야만 했던 많은 것들, 머릿속에 그동안 담아 두었던 보따리를 하나씩 풀면서 작업하고 있음에 마냥 행복합니다. 이곳 해남 슈바이처 둥지 건축 작업이 완료될 시점엔 예쁜 예배당 외벽 돌쌓기도 상당히 진척되겠지요. 갈수록 힘들고 더우실 텐데 도와드리지 못해 죄송한 마음입니다. 곧 뵙게 되겠지요. 가족 분들 늘 건강하시길 멀리서나마 기원하겠습니다.

2007년 5월 17일 ➔ *비 오는 해남 장터에서 먹었던 팥 칼국수 맛을…*

어젠 달콤한 비가 이곳에도 온종일 내렸습니다. 공사하는 사람 맞나 모르겠습니다. 이렇게 가끔 노동엔 휴식이 필요합니다. 정신없이 작업하다 보면 놓치기 쉬운 부분도 있으니까요. 비가 와서 현장을 철수하고 숙소로 일찍 돌아왔습니다. 마침 어제가 해남 5일장이 서는 날이라서 직원들과 장터에 가서 장날만 운영되는 팥칼국수 집에서 이곳 사람들 속에 섞여 맛있게 한 그릇 먹었습니다. 모처럼 느끼는 여유로움 그 자체였습니다.

직원들을 근처 사우나에 보내고(악덕 기업주 되기 싫어…) 그동안 이곳 일로 인해 타사업장에 소홀했다는 생각이 들어 이것저것 해결하러 전주에 다녀왔습니다. 갑자기 나타난 해결사마냥 바쁘게 처리하고(원래 저 없어도 회사는 정해진 틀 속에서 잘 운영됩니다만, 가끔은 필요하기도 합니다), 도망(?)나와 이곳 둥지 작업에 필요한 그림과 목판화 및 목조각품 채색 작업을 늦은 시각에 마치고 집에 들어가 눈 좀 붙이고, 해남으로 이렇게 돌아왔습니다. 해남에 꿀단지가 있나 봅니다.

해남 들어오는 길에 슈바이처님의 전화메시지가 도착했습니다. 강의 들으러 서울 간다고, 또 한 분의 큰 스승께 한의학 배우기로 했다고, 빚 많이 지고 있다고…. 아무튼 바쁜 사람입니다. 며칠 전엔 두 군데 초등학교에 나가서 저학년에겐 건강관리 교육한다고 준비한 세균 맨 복장(뿔, 삼지창, 망토 등 착용)을 하고 재롱부리며 강의하고, 다른 학교에 가선 고학년에겐 밝은 미래를 준비하기 위한 강의를 하고…. 이곳에 있어 보진 못했지만 대충 알 것 같습니다. ㅎㅎ. 얼마나 귀엽게 재롱을 부렸을지.

오늘 드디어 이곳 둥지의 틀이 그려지고 있습니다. 밝은 햇살 아래서 9명이 정신없이 바쁜 하루였습니다. 지금은 숙소에 돌아와 그리다 만 작업을 위해 연필을 깎고 있습니다. 사각사각 깎고 있습니다. 향나무 향을 느끼며…. 늘 혼자서 하는 말이지만 왜 이리도 연필을 못 깎는지?! 하지만 조용한 가운데 들리는 연필 깎는 소리가 늘 좋아서 초등학교 앞 문방구에서 파는 예쁜 아가돼지 모양을 한 연필깎이 사는 걸 포기하고 삽니다.

2007년 5월 24일 *한동안 숨을 쉴 수가 없었습니다*

비 내리고 있을 땅끝마을 해남을 멀리서 바라보았습니다. 어제 현장은 많은 작업이 이루어졌습니다. 내, 외벽 벽체 틀 마감, 창문 설치, 지붕 트러스 제작 등. 이제 모습이 보이는 것 같습니다. 회사에 들러 결정하고 처리해야 할 몇 가지 일들이 있어서 전주에 왔습니다. 늘 겪는 일이지만 현장일이 종료되기 전에 현장을 벗어나면 이것저것 걱정되고 맙니다. 가슴이 새 가슴이라서인지…. ㅎㅎ.

어제 아침 슈바이처 선생의 현장 방문이 있었습니다. 본인도 이것저것 둘러볼 것 있어 출장 간다고 인사하러 왔다고…. 떠나고 난 후 제 손엔 몇 장의 사진과 6권의 책이 쥐어져 있었습니다(며칠 전 그래서 만화 자주 보는가를 물어봤나 봅니다). 제가 노안이 와서 밤엔 작은 글씨가 통 잘 보이지 않아 돋보기 쓴다는 걸 알고…. 참, 돋보기도 금테가 아닌 것도 있구나, 하는 걸 최근에 알았습니다. 이리도 무식했던 것에 대해 반성했습니다. 님들도 나중에 돋보기 맞출 땐 다른 안경테도 있다는 걸 참고하세요. ㅎㅎ.

오늘 일들을 마치고 잠시 짬을 내 가마터(도예원)에 다녀왔습니다. 해남의 길고 깊은 밤을 위해 흙(조소용)이 필요해서요. 커피 마시고 돌아오는 길에 들판이 좋아서 차를 세우고 비 오는 풍경을 즐겼습니다. 그러다 슈바이처 선생이 제 손에 쥐어 주고 간 사진을 보았습니다. 한동안 숨을 쉴수가 없었습니다. 한의대 졸업식 때 찍은 걸로 보이지는 사진…. 부자간여러 가지 의미의 눈물을 보이지 않기 위해 부둥켜안고 있는 모습 속에 비춰진 아버님의 거칠어진 손등과, 울고 있을 어진 사람을…. 한 장은 언젠가의 가족들 나들이 사진이었습니다. 정말 행복한 시간들이었으리라는 생각이 들었습니다. 천진난만하게 개구쟁이처럼 뛰노는….

지금까지 해남의 모든 작업들이 차근차근 진행되고 있습니다. 이제 단아한 외출을 꿈꾸며 소박한 화장을 하고 있습니다. 그날이 저도 무척 기다려집니다. 슈바이처 둥지에 '어울림한의원'이라는 간판을….

며칠 전 슈바이처님은 짧지만 소중한 외출을 다녀왔습니다. 저도 바쁘다는 핑계로 미루고 있던 북녘 땅 금강산을…. 출발 당일 차 안에서 저에게 '어울림'에 대한 본인의 생각을 메일로 보내왔습니다. 아래와 같이 말입니다.

어울림은 동백꽃입니다~.

인류문명 역사상 이 시대는 입춘일 것 같습니다. 소한과 대한지나 양기가 태동하나 아직은 바람 끝이 매섭습니다. 하지만 이때 용감하게 피는 꽃이 있습니다. 추위가 두려워 모든 이들이 눈만 살짝 뜨고서 이 눈치 저 눈치 볼 때 온몸을 내던져 피는 꽃이 있습니다. 생사가 걸리는 문제라 시기 선택을 잘해야 합니다. 빠르면 허무하게 얼어 죽을 수가 있고, 늦으면 벚꽃과 개나리의 조롱을 받을 수도 있습니다. 긴 흐름을 읽을 수 있는 지혜가 있어야 합니다.

이렇게 핀 꽃에 벌떼들이 몰려듭니다. 기나긴 겨울 동안 추위에 떨며 배를 주렸을 벌떼들에게 동백꽃은 흔쾌히 큰 덕을 베풉니다. 2월의 동백꽃 벌떼들은 잊을 수 없는 감동입니다.

세 가지 큰 장수가 있다 합니다. 용감한 용장! 지혜로운 지장! 자비로운 덕장! 제가 제갈량이라면 삼국통일의 중요 전략 요충지인 형주를 관우에 필적할 수 있는 동백 장군에게 맡기겠습니다. 많은 이들이 그토록 갈구했던 희망과 따뜻함을 어울림에서 느끼고 가면 갈수록 밝고 따뜻해지는 인류 문명을 그려 봅니다.

어울림은 민들레입니다~.

민들레의 뿌리는 원뿌리입니다. 지상부의 줄기에 비해 매우 깊습니다. 심지가 깊습니다. 잎은 어느 방향 한 곳이라도 놓치는 곳이 없습니다. 포용력이 있습니다. 균형 잡힌 관을 지니고 있습니다. 수많은 잎들이 납니다. 비결은 잎이 조금 조금씩 갈라져 있기 때문이지 않을까 합니다. 양보할 줄 압니다. 바닥에 엎드려서 잎들이 납니다. 겸손합니다. 꽃대는 매우 빨리 자랍니다. 중요한 일일 때에는 매우 집중력 있어 추진력이 강합니다. 꽃씨는 바람을 잘 타면 서울에서 대전까지 날립니다. 많은 이들의 가슴에 남깁니다. 꽃은 초봄부터 늦가을까지 핍니다. 일회성이 아니라 항심이 있습니다. 어울림이 민들레 홀씨 되어 세상 꽃이 될 날을 그려 봅니다.

어울림은 믿음입니다~.

생각 너머 믿음은 강력한 파장을 지닙니다. 그래서 이는 곧 현실화됩니다. 인간이 지닌 가장 큰 힘은 믿음이 아닐까 합니다. 꾸준히 강력히 믿어 주는 것으로 세상의 많은 것들이 변화되고 하나로 어우러지리라 믿습니다. 그 어떠한 것도, 무엇을 할지라도 본질은 고귀한 영혼이 숨 쉬고 있다는 것을 간절히 믿으면 말입니다.

어울림은 인내입니다~.

믿어 줬는데 때가 됐는데 아직도 변화가 없다면 방법은 단 하나 있습니다. 더 믿어 줘야 합니다. 더 기다려 줘야 합니다. 더 참아야 합니다. 그가 끓기 전 99℃의 물 일지도 모르기 때문입니다. 그녀가 4년이 돼서야 자라는 죽순인데, 오늘이 3년 361일째인지도 모르기 때문입니다. 당신이 십여 차례 낙선되고 마지막에 대통령에 당선된 오늘의 링컨일지도 모르기 때문입니다.

어울림은 내 탓입니다~.

　당신 때문이야 하는 순간 큰 강이 흐릅니다. 마음의 벽이 생기는 순간입니다. 당신이 다리를 놓지 않는 한 건널 수 없습니다. 하지만 내 탓이라고 인정하고 책임지는 순간 다룰 수 있는 권한이 내게 주어집니다. 내가 다리를 놓으면 건너갈 수 있기 때문입니다. 많은 이들이 책임을 무거워하며 어려워하지만, 실은 책임 속에 우주가 권한을 부여하는 비결이 숨어 있지 않을까 합니다.

어울림은 흐르는 강물을 거슬러 올라가는 물고기입니다~.

　누구나 한계를 지니고 있습니다. 집단도 한계를 지니고 있습니다. 즉 굴레 속에 살고 있는 거지요 그 굴레 속에서 어울림과 비 어울림의 갈림이 시작됩니다. 그래서 한계를 더 넓혀 가지 않는 한, 굴레의 흠이 갈라지지 않는 한 비 어울림입니다. 그래서 도전이 필요합니다. 지속적인 성장이 늘 필요합니다. 태초에는 기존의 현실과 충돌이 생겨 혼돈과 힘겨운 씨름이 생길 수도 있습니다. 이를 잘 인내할 때만 성장할 수 있고, 그에 따라 어울림의 툇마루도 넓혀져 갈 것입니다. 흐르는 강물을 거슬러 올라가는 물고기는 늘 싱싱한 법입니다.

　　선생님!
　　봉사에 대한 관점은 제가 돌아온 후 미팅 같이 하신다고 하니, 그때 이야기 나눠도 될 것 같다고 여깁니다.
　　금강산 가는 차 안에서 작업해 보겠는데, 무선 인터넷이 사정이 어떨지 몰라 보낼 수 있을지 모르겠습니다.
　　선생님 감사합니다. 선생님의 집안 더욱 더 밝아지기를 기원합니다. 늘 평온하세요."

　이런 메시지를 보내더군요. 늘 대책 없지만(북쪽 땅에서도 이 땅에 오는 날도 일행들과는 하루의 시차를 발생시키고서야 도착했습니다. 기다리느라 애간장 타는 건 본인이 아니니까…?!) 정말 부지런한 사람입니다.

━▶ 지금 내리는 비로 집신 장수가 운다 해도
괜찮아요, 이젠!

어제 그리고 오늘 참으로 노심초사했던 시간들이었습니다. 살면서 기다
리는 정말 좋은 사람을 만나기 위해 깨끗한 옷을 입고 화사한 화장을 하
는 시간들은 때론 힘들지만 행복한 시간인 것 같습니다. 화장을 못 해봐
서 잘은 모르지만….

건축 작업을 시작한 이후 늘 바쁘다는 이유로 꿈꿀 수 없었던, 작지만
이야기가 있는 그런 집다운 집을 짓고 싶었던 열망이 지금까지 한 걸음씩
차근차근 작업에 임하게 했었던 것 같습니다. 하지만 다가오는 개원 예정
일정과 시작되는 장맛비로 인해 요즘은 초읽기에 들어간 느낌입니다. 그동
안 구상하면서 늘어 놓았던 모든 퍼즐들을 한 조각 한 조각씩 맞추다 보
니, 긴박하기도 하고 때론 작업에 임하는 사람들의 작업 효율을 위해 적
지 않은 나이에 재롱도 피워 봅니다(자주 그래서인지 어색하진 않거든요).

어젠 해남의 슈바이처 둥지 타일 작업을 위해 힘든 여정도 아랑곳하지
않고, 별 볼일 없는 사람이 진행하고 있다는 이유로 다른 큰일 제쳐두고
새벽걸음으로 달려온 분들, 고마웠습니다. (다음날 아침부터 예정된 작업에 임해

야 함에도 불구하고 밤 11경에 마치고 전주로 떠났거든요.)

오늘 아침 슈바이처님은 좋은 한의사를 꿈꾸며 스승 되시는 분께 한 수 지도 받고자 또 서울로 올라갔습니다. 오늘 중요한 건축 공정(내부바닥 미장 작업)이 예정되어 있어 어제 밤부터 오늘 새벽까지 비님 천천히 오시라고 기도하느라고 짧은 잠으로 때웠고, 이른 아침 작업이 시작되어 예상 되었던 올해 장맛비가 시작되는 작업시간 내내 속 타는 심정을 내색하지 않으려 그냥 허허 웃음으로 하다 보니 어느새 작업이 완료되었습니다. 고 맙습니다. 작업에 임했던 분들 그리고 기도하셨던 분들. 그래서 서울에서 걱정하고 있을 슈바이처님께 독수리 타법으로 문자 보냈습니다.

"이젠 가뭄에서 해갈될 정도의 비가 내려도 좋을 것 같습니다."

"지금 오는 비로 짚신 장수가 운다 해도 오늘만큼은 두 눈 꾹 감겠습니다."라고요.

저 불량하지요?!

2007년 7월 1일 → 여러분들 약속 신중히 하세요

어젠(6월의 마지막 날) 13명 인원의 작업 참여(내부마감, 잔디시공, 비품설치, 도어 설치, 유리시공 등)로 내부가 한결 정리되었습니다. 참으로 짧았던 하루였나 봅니다. 평소에도 이것저것 하고픈 욕심에 잠을 적게 자는 편인데, 요즘은 이 일 저 일로 잠이 많이 줄어든 것 같습니다. 그제 밤부터 어제 새벽까지 해남 어린친구들에게 해줄 이벤트 준비로 부산을 떨어서 더욱 몽롱했던 하루였고요.

해남 작업을 하면서 현장이 아이들 등하교 길목에 자리하고 있어 그동안 많은 어린친구들과 대화하며 친구를 얻었습니다. 요즘은 반갑게 웃으며 인사하고 가는 친구도 있습니다. 그 친구들을 보면서 틈나는 대로 카메라에 담았습니다. 도시의 아이들이 누리는 것에 비하면 열악한 환경에서 자라다 보니, 적어도 제 생각엔 자주 사진을 찍을 여건이 못 될 것 같아서…. 그러던 며칠 전 한 친구가 "아저씨, 사진은 언제 줄 거여요?" 해서 별 생각 없이, "응, 오는 토요일 학교 마칠 시간에 슈바이처 둥지 벽면에 붙여 놓을 테니 가져가."라고 했습니다. 아이와 했던 약속을 지켜야 될 것 같아 그제 밤 작업을 마치고 슈바이처님과 가볍지만 즐거운 저녁을 마치고 자주 가는 마트에 들러, 그 친구들이 즐겨 먹을 것 같은 과자를 한 아름 사서 숙소에 들고 왔죠. 비닐봉투에 현상한 사진도 붙이고 과자를 담다 보니 새벽 3시가 되었더군요. 잠깐 잠을 자고 이른 아침 직원들과 숙소 앞에서 만나 식사하러 가는 길목을 힘이 쭉 빠져 걷다 보니, 직원들이 제가 몸이 좋지 않은가 해서 걱정했나 봅니다. 밤새 제가 뭘 했나 모르고 있었으니 말입니다.

현장에 도착해 직원들 작업 진행시키고 약속했던 사진을 벽에 붙이는 모습을 보고

그제야 대책 없는 사람임을 재삼 느끼는 모양입니다. 여러분들 약속 신중히 하세요. ㅎㅎ. 덕분에 아이들 하교 길을 지키며 사진 돌려주려다. 그 시각이 현장 점심시간과 비슷해 점심 쫄쫄 굶었지만, 배고픈지 몰랐습니다.

늦은 오후엔 처음 보는 부부가 아이와 현장에 와서 사진 찍어 줄 수 있냐면서 촬영을 요구하더군요. 흔쾌히 응해 주며 앞으로 자주 그럴 거라고 했습니다. 그땐 제가 해남에 있지 않으니 둥지를 지킬 대책 없는 슈바이처님이 감당할 테니, 제가 걱정할 일 아닌 것 같아 대책 없이 약속했습니다. 그리고 월요일에 찾아가지 않은 친구들 사진과 함께 붙여 놓겠다고….

이제 며칠 후 둥지가 완료될 것입니다. 며칠 지나면 슈바이처는 본인의

둥지 책상에 앉아 긴 고민의 시간을 갖게 되겠지요. 앞뜰의 잔디도 새 희망과 새 기운을 불어넣기 위해 깔아 놓은 황토 마사토를 이불삼아 편한 휴식시간을 가지겠지요.

오늘 비 오는 이곳 전주에서 슈바이처, 두 여동생들과 짧지만 즐거운 시간을 보내면서, 제가 수저받침의 용도를 묻고 답했었죠. "수저와 젓가락도 항시 바쁘니 잠시라도 휴식을 취하라고 놓아 둔 베개"라고 말했던 게 제 생각의 폭입니다. ㅎㅎ. 좋은 밤 되십시오.

2007년 7월 10일 — 새로운 인연 그리고 어울림 한의원 개원 확정

오늘도 장맛비가 내립니다. 지난 금요일 밤 이곳 전주에 온 후 여러 가지 일로 분주했지만, 해남이 그리웠습니다. 여러 일들 중 토요일 저녁은 이 더운 여름 저를 이 땅의 빛을 보게 해준 어머님을 찾아뵙고 재롱부

리러 다녀왔고요. 어젠 슈바이처님 때문에 비롯된 인연(복잡합니다)으로 저 멀리 경북 청도 운문사 자락에서 오신 학승(學僧) 보건(普建) 스님을 만났습

니다. 영혼이 참으로 맑아 보였습니다. 그 산자락에 공부에 정진하기 위한 사진(취도산방) 같은 조그만 산방이 필요하셨던 모양입니다. 말씀마다 바쁘게 보이는 저에게 작은 집을 부탁하는 게 미안하시다고 합니다. 해남에서 돌아와 가쁜 숨을 내쉬고 그 산자락에 차 마시러 가겠다고 했습니다. 일에는 작고 큰 게 적어도 저에겐 그다지 중요하진 않은데….

참 슈바이처 둥지 개원일이 결정되었습니다. 오는 7월 15일 오후 2시 반.

오늘은 이른 아침부터 여타 여타한 일들로 점심도 쫄딱 굶고 내일(월요일) 해남에 갈 준비를 마쳤습니다. 준비되고 나니 홀가분해서 배고픈 생각도 달아나는 듯합니다. 내일은 둥지의 부족한 부분을 위해 다시 그곳에 갑니다. 미래를 위해 고뇌하고 있을 슈바이처 곁으로….

2007년 7월 12일 → 돌고 돌고~ (어울림 박은열 원장)

태어나서 이렇게 이별이 아쉬웠던 적이 없었던 것 같습니다. 그 아쉬움을 달래러 바로 옆에 묵고 계신 선생님 숙소로 가지 못하고, 자정이 다 되도록 며칠 앞둔 개원식 준비에 박차를 가하고 있습니다. 2주 전 정든 컨테이너 실어 보내신다 해서, 늦게 일어나 시간 빠듯했지만 컨테이너 사진 찍다가 KTX를 10분 차이로 놓쳤습니다. 1주 전에는 선생님께서 숙소 정리하는 날에는 사무장님과 미팅하고 찾아뵈니 엎드려 주무시고 계셨습니다. 문 닫고 나왔다가 조용히 TV 끄고 나왔습니다. 실은 깨기길 바랐습니다. 내일 떠나 이 주에 잠시 오신다 하여 아쉬움이 깊었거든요. 다시 창문 닫으러 들어갈까 하다가 감행하시느라 빨개진 눈이 떠올라 발길을 돌렸습니다. 그 날 밤 참으로 허전했습니다.

그 맘을 담고 잤더니 아침에 일어나자 180도 회전해 있었습니다. 그리고 이번에는 KTX를 1분 차이로 놓쳤습니다. 차 놓친 것 손에 꼽는데, 그런 일이 연달아 일어났습니다. 내일은 서울로 강의 들으러 KTX 타지 않습니다. 간호사 선생님이 땡땡이라고 하셔서, 개원 준비에 더 집중하겠다고 말씀드렸습니다. 내일은 가지도 않는데 숙소로 못 찾아뵌 게 아쉽습니다. 내일은 어울림 1차 완공이 된다고 하십니다. 어울림에 혼을 불어넣으신 선생님을 이어받아 이제는 제가 할 차례입니다. 잠시 어깨가 무거울 때도 있지만 아름다운 한의원을 일궈 보겠습니다. 그래서 어울림 2대 원장님은 진실로 슈바이처님이 올 수 있게, 그분들에게 누가 안 되도록 닦아 놓겠습니다.

2007년 7월 18일 ➛ 어울림 한의원 개원

땅끝마을 해남 두륜산 자락 대흥사에서의 밤은 평생 잊지 못할 감흥이었습니다. 유선관(구 유선여관)에서 본 새벽하늘, 찬란하게 쏟아지던 수많은 별빛. 덕분에 모기에게 보시했지만, 즐거웠습니다.

그날 많은 이들의 진심어린 축하 속에서 개원식을 치렀습니다. 개원식을 마치고 모처럼 회사에 돌아와 그동안 비어 있던 제 책상에 앉으니, 지난 해남에서의 시간들이 주마등처럼 스쳐갑니다. 정말 소중한 시간이었습니다. 해서, 연거푸 커피를 마시고 있습니다. 이제 잠시 해남 슈바이처 둥지 속에서 미래를 위해 고뇌하고 있을 어진 사람을 멀리서 바라보고 있고자 합니다.

어울림 둥지를 마치며

땅끝마을 해남의 어울림 둥지 1차 신축 작업이 완료되나 봅니다. 하지만 언제 완공될지 모르는 진행형입니다. 물리적인 틀은 완성되었다 할지라도 집이 완성되었다는 생각은 하지 않기로 했습니다. 집의 완성은 사람과 사람 간에 관계를 맺으면서 꾸준히 진행되는 것 같습니다. 집은 집주인의 성정(性情)을 그대로 따르기에, 이 집도 선하게 나이들 것 같습니다. 예상하지 못했던 인연으로 시작되어, 어울림 둥지의 신축이란 소임을 놓고 고민하다가, 작업을 맡은 부족한 사람을 묵묵히 항상 곁에서 믿고 배려해주는 땅끝마을 해남의, 선한 명의를 꿈꾸는 어울림 한의원 박은열 원장님께 진심어린 감사를 드립니다. 이 작업에 참여할 수 있게 되어 20여 년간 많은 작업에 임하면서도 미처 느끼지 못했던 걸 깨닫게 되어 행운이라 생각합니다. 이제 이 집에 들어가 살 화주께서 하실 일이 남아 있습니다. 쓸고 닦고 고치고 다듬으며, 숨결을 불어넣어야 할 차례입니다. 그것은 공사할 때처럼 급하게 할 수도 없고, 쉬이 끝나지도 않을 것입니다. 온갖 사랑과 정성을 집안 구석구석에, 앞뜰과 뒤뜰에 녹아들어야 할 것입니다.

저는 곁에서 항상 이 집을 지켜볼 것입니다. 또한 이 땅 위에 선한 명의가 되시기를 늘 기도하겠습니다.

청풍잡지유하극(淸風匝地有何極).

"시원한 바람이 불어오니 어찌 그 끝이 있을소냐!"

이 말은 오래 전에 읽은, 중국 송나라 때 출간된 불서(佛書)이자 철학서(哲學書)이기도한 『벽암록』에 수록된 글입니다. 저는 살아가면서 늘 이것저것 배우고자 합니다. 해서, 맘속에 자주 떠올립니다. 그냥 풀어서 이해하면 대충 이렇습니다.

"시원한 바람이 온 천하에 불어 대는데, 마음의 창문을 꼭꼭 걸어 잠그고 답답하다 하니 이 어찌 우스운 일이 아닌가! 이 창문을 스스로 열 용기가 없다면, 그것을 단번에 부숴 버릴 수 있는 참 스승을 찾아라."

아쉽게도 전 슈바이처 박은열 원장에게 한의학적인 지식을 가르쳐 줄 지혜가 없습니다. 진실로 선한 명의가 되고자 한다면 정말 많은 노력을 해야 할 것입니다. 참 스승을 만나 길 원하며, 봉사하는 삶 속에서 쉼 없이 공부에 정진하시기를 소망합니다.

어울림한의원 개원사 (박은열)

누구나 가장자리와 한계는 있습니다. 그 가장자리에 다가서면 대부분 혼란스럽고 힘들 것입니다. 하지만 아들을 위해서라면 기꺼이 한계를 넘으려는 아버지. 그리고 아마도 1000이면 999명은 포기했을 길을 묵묵히 걸어온 어머니. 부모님 같은 역할을 해준 누나, 매형, 그리고 누나 같은 동생들. 멀리 있어도, 자주 만나지 못해도 마음속 깊이 잘되라고 빌어 주신 친지 여러분. 부족한 점이 더 많았지만 잘될 거라고 믿어 주신 해남 어르신과 지인과 친구들. 지혜의 눈을 열어 주신 혜명 스님. 그리고 잠시 스쳤던 당신들이 있었기에 제가 이 자리에 있습니다. 깊은 감사드립니다. 인사드리겠습니다. 저는 어울림 한의원 1대 원장 박은열이라고 합니다.

지난 가을 무등산 중머리재에서 해남에 내원하고 근무하는 모든 이가 건강해지고 밝아질 수 있도록 신나게 돕는 한의원을 열겠다고 맹세한 지 어느덧 10개월이 지나갑니다. 그 순간 우주는 부족한 저를 재신임해 주었습니다. 이후로는 넉넉한 자본과 좋은 부지와, 이렇게 아름다운 한의원과 훌륭한 한의학 스승님과 인연을 맺게 해주었습니다. 선물이라기보다는 빚이라고 생각합니다. 초심처럼 이곳에 내원하고 근무하는 모든 이가 더 건강해지고 더 밝아질 수 있도록 신나게 돕는 어울림 한의원을 일궈낼 때 빚이 청산되지 않을까 합니다.

어울림 한의원의 건물 느낌과 여러분들과, 해남과 호남과 잘 어우러지는 어울림 한의원, 신나게 일궈내 보겠습니다. 여러분들이 함께 첫걸음을 내디뎌 주셔서 발걸음이 가볍습니다. 지금 내디딘 첫걸음의 느낌과 방향으로 끝까지 걸어가겠습니다. 지켜봐 주십시오. 감사합니다.

그냥 아무 말도 못 하겠어요. 가슴이 꽉 차는 느낌, 따뜻하다는 느낌. 이런 글을 읽을 수 있는 것만으로도 참 감사하게 생각해요. 어떤 일로 인해서 만났던 간에 선생님을 알게 된 것이 기쁩니다. 저도 선생님처럼 따뜻한 마음을 가지고 살도록 노력하겠습니다. 건강하세요.

황금색 비늘 물고기

연못에 아름다운 황금색 비늘을 가진 물고기가 살고 있었죠. 다른 물고기들은 그를 부러워하며 곁에 가려고 했지만, 그의 자세가 너무 도도해 아무도 접근하지 못했답니다. 황금 물고기는 혹 자신의 비늘이 다칠까 봐 다른 물고기들이 다니지 않는 길을 다녔고, 마을의 축제 때도 멀리서 바라보기만 했죠. 언젠가부터 그는 늘 혼자였어요. 황금 물고기는 자신의 외로움을 달래 줄 만한 친구가 하나도 없어 슬펐답니다.

그즈음 다른 연못에서 이사 온 물고기가 그의 아름다움에 반해 말을 걸어 왔어요. 외로워하던 황금 물고기는 그를 반갑게 맞았고, 둘은 곧 친구가 되었죠. 어느 날 이사 온 물고기가 황금 물고기에게 부탁했답니다.

"친구야, 너의 아름다운 비늘을 하나만 내게 주렴. 그것을 간직하고 싶어."

그러자 황금 물고기는 선뜻 자신의 황금 비늘 하나를 내주었고, 좋아하는 친구를 보면서 그도 기뻐했습니다. 그것을 본 연못의 다른 물고기들은 너도 나도 황금 물고기에게 몰려와 비늘 하나만 달라고 졸랐죠. 마침내 비늘을 다 주고 난 황금 물고기는 보통 물고기처럼 되었지만, 주위에 많은 친구들이 생겨 더 이상 외롭지 않았답니다.

그 뒤 어느 날 밤, 연못을 지나던 사람은 연못 전체가 황금색으로 반짝이는 것을 보고 깜짝 놀랐습니다. 연못 속 물고기들이 하나씩 지니고 있는 황금 비늘이 저마다 아름답게 빛나고 있었던 것이죠.

주변을 돌아보세요. 혼자 외로이 있는 사람은 없는지. 그리고 손을 먼저 내밀어 보세요. 마음이 따뜻해집니다. 작은 손길로 우린 행복해질 수 있어요.^^

무지 그리워하는 이의 심장 해부 결과

무지 그리워하는 이의 심장은 항시 님 보면 콩콩거리기에 콩이 젤 좋은 식품입니다. 무지 그리워하는 이의 심장은 내 님 생각만으로도 평생 두근두근하기에 그 무게는 네 근입니다. 무지 그리워하는 이의 심장은 생을 그만두게 되더라도 내 님 찾는 꼼지락 그칠 수 없기에 구성된 세포수가 모두 구만 두 개입니다. 무지 그리워하는 이의 심장은 밤이나 낮이나 그리움이 열×열하기에 그 뜨거움의 온도는 님 생각만 펄펄 끓는 백도입니다. 무지 그리워하는 이의 심장은 하루 몇 번을 님 그리워했는지 일일이 따질 수 없기에 그 무게가 112그램입니다. 무지 그리워하는 이의 심장은 체내 60조 정도 되는 세포들을 천사처럼 다 사랑하기에 그 면적은 천사 평입니다.

심장은 사랑의 상징입니다. 심장은 쥐었다 놓았다 하는 일로 온몸에 따스한 피를 보내 주는 일을 합니다. 쥐고만 있으려는 것도 좋은 사랑이 아닙니다. 받아들이지 못하고 떠나보내기만 하는 것도 좋은 사랑이 아닙니다. 사랑(4랑=나랑+너랑+신부랑+신랑)하자만이 사랑일 수 없습니다. '이랑×이랑=아들이랑×딸이랑' 낳고 기르며 살자, 그것만이 사랑일까요?

늦은 밤 심장에게 물어봅니다. 사랑이 가득한 가을 되십시오. ^!^*

가장 흔히 받는 질문 '평당 공사비'에 대하여

1 집을 지으려 하는데, 평당 얼마나 드나요?

시공자는 전원주택 예비 건축주와 상담할 때 첫 번째로 가장 많이 묻는 것이 '공사비에 대한 것이다. 시공자는 이러한 질문을 받을 때 어디서부터 어떻게 말해야 할지 그저 답답하기만 하다. 주택은 백화점에서 파는 물건처럼 '스틸하우스는 평당 400만 원, 목조 주택은 평당 450만 원, 복합구조(철근 콘크리트+목재)는 평당 500만 원이라고 정해져 있지 않다. 한 마디로 평당 공사비는 존재하지 않는다. 같은 건축 면적이라도 평당 시공비는 천차만별이다. 이것은 건축주가 정하는 것이지, 결코 시공업체나 설계자가 정하는 것은 아니다.

2 평당 공사비 산정 요령

평당 공사비는 어떻게 산정하는 것이 바람직할까? 아파트의 경우 대부분이 직사각형 모양이며, 외벽은 콘크리트에 페인트칠 마감을 했다. 기껏 폼을 낸다고 해야 내부 인테리어 정도이다 보니, 쉽게 평당 공사비를 산정할 수 있다. 그러나 전원주택의 평당 공사비는 그렇게 할 수도 없고, 또 그렇게 해서도 안 된다. 그 이유는 아파트는 사업 시행자가 이윤을 남기기 위해 상업적으로 짓지만, 전원주택(일반 주택)은 개인의 생활양식이나 가족 구성, 예산 동원 능력 등을 종합적으로 고려해 건축비를 산정하기 때문이다.

또 여기에는 건축주 가족의 행복과 건강, 그리고 취미 등을 고양시킬 목적도 포함되어 있다. 따라서 평당 공사비를 산정할 때는 건축주가 기획·설계 단계에서부터 자신의 요구 사항을 확실하게 정하고, 생각해 둔 예산 안에서 선택할 부문과 포기할 부문까지 정하면서 조절해야 한다. 사실 건축주가 평당 건축비를 정해 놓고 시작하더라도, 그것은 어디까지나 혼자만의 생각일 뿐 완벽할 수는 없다. 때문에 이를 구체화하려면 설계를 해야 하고, 그 설계도면에 의해 정밀한 견적을 뽑아내야 한다.

그러나 한편으로 건축사 역시 설계도를 작성할 때에는 건축주의 예산을 반영하기 때문에, 결국 건축주가 예산을 확정해야 설계를 제대로 할 수 있다는 모순에 직면하게 된다. 이때는 이것이 먼저인지, 저것이 먼저인지를 따지지 말고, 두 가지를 동시에 해결해 나가면 된다. 예를 들어 집을 평당 500만 원대에 60평 정도로 짓기로 하고 부담 없이 출발한 다음, 설계 과정에서 요구 조건이나 시장 조건, 대지 조건 등을 검토하고, 그 결과를 종합해서 총 건축비를 산정하면 된다.

3. 평당 공사비를 좌우하는 요인들

전원주택의 평당 공사비는 여러 가지 요인에 의해 좌우된다. 그 중 몇 가지를 살펴보면 다음과 같다.

첫째, 주변 환경에 따라 평당 공사비 차이가 발생한다.

환경 여건에는 차량의 진입, 물류 유통 거리, 계절, 민원, 옹벽이나 조경석, 축대 설치 여부 등이 포함된다. 집 짓는 환경이 나쁘면 그만큼 건축비는 올라갈 수밖에 없다. 수질보전대책 특별구역의 경우, 기타 지역보다 정화조 설치비가 150만 원에서 350만 원 정도까지 추가될 수 있다.

둘째, 1층으로 지을 것인지, 2층 이상으로 지을 것인지의 여부다.

2층의 경우 기본적으로 화장실의 개수가 1층보다 1개 이상 늘어나고 계단이 추가된다. 주택을 건축할 때 평당 공사비가 가장 많이 소요되는 곳이 화장실이다. 계단을 설치할 경우 보통 300~500만 원(목재 계단 기준) 정도가 필요하다.

셋째, 덱(DECK)의 설치 여부.

보통 전원주택은 내부 공간과 외부 공간 그리고 내·외부를 연결하는 덱이 필요하다. CCA방부 처리한 북미산 미송(Hem-fir)을 사용하여 덱을 설치할 경우 보통 평당 40~60만 원 정도의 비용이 추가된다.

넷째, 다락방의 설치 여부다.

우리나라 사람들의 다락에 대한 인식은 매우 특이하다. 다락방을 서비스 면적으로 생각하여 그냥 시공해 달라고 주문하면서, 실제 이용은 방처럼 이용(여름에 시원, 겨울에 춥지 않게 사용)하기를 원한다. 사실 서비스로 한다고 해도, 결국 그 돈은 건축주가 지불하게 된다는 사실을 인지해야 한다. 다락이란 건축법상에도 거실(사람이 거주하는 공간)에 해당되지 않는, 물건 수납을 위한 공간이다. 따라서 그러한 용도의 경우는 평당 50~60만 원 정도면 공사가 가능하다. 그러나 다락에 보일러를 넣고 완전한 방으로 사용하고자 할 경우에는 똑같이 평당 공사비를 지불해야 한다.

🏠 다섯째, 난방 시스템의 결정이다.

도시가스가 들어오지 않는 지역에서 사용하는 난방 시스템 중 한 가지가 심야전기 방식이다. 심야전기 방식은 온수식과 온돌식 두 가지 방법이 있다. 온수식의 경우를 예로 들면, 35평형 용량일 때 한전 불입금을 포함하여 약 530~650만 원 정도가 소요되므로 설치비 부담이 크다. 또한 보일러 설치 공간이 크게 필요하다.

기름보일러의 경우 100만 원 정도면 설치 가능하며, 도시가스 공급 외 지역에서 일반적으로 사용하고 있다. 작은 공간에 설치가 가능하다. 요즘엔 기름보일러와 화목보일러를 동시에 설치해 난방비 부담을 줄이는 방법을 시도한다.

🏠 여섯째, 외장재의 선정이다.

전원주택에서는 벽돌, 석재, 징크 판넬, 비닐 사이딩, 목재, 시멘트 하디 사이딩, 스타코 마감, 노출 콘크리트 마감, 드라이비트 마감 등 다양하게 사용되고 있다. 재료의 선택은 건축물의 외관에 맞아야 하며, 내구성과 단열성 유지 및 사후관리의 용이성 등 전반적인 검토가 필요하다.

🏠 일곱째, 창호의 선정이다.

주택에서 중요하게 고려해야 할 사항 중 하나가 창호이다. 창호는 단열성과 차음성을 고려하여 가급적 2중 발코니 전용 창에 2중 복층유리를 시공하는 게 타당하다.

그 외에도 주택 평당 공사비를 좌우하는 요소는 많다. 기초의 높이와 공법(매트, 줄기초, 뜬구조), 거실과 방, 천장의 형태(디자인), 지붕의 형태와 높이(각도), 처마의 폭, 벽체의 높이·두께(폭), 꺾인(코너) 수, 문의 크기와 수량, 형태 건축물 내·외부에 설치하는 조명의 수량과 사용·전력 등에 따라 다르다. 또 어떤 건축 자재를 사용하느냐에 따라 평당 몇 백만 원씩 차이가 발생한다. 몇 천만 원 하는 욕조가 있는가 하면, 지붕 자재에서만 몇 억 원의 차이가 나기도 한다. 이러한 모든 것들을 인식하고 건축주의 건축비 부담 능력을 고려하여 규모 및 마감의 눈높이(수준)를 결정한 후, 결코 무리하지 않은 건축 평당 공사비를 합리적으로 산정해서 믿음의 건축을 했을 때, 건축주와 시공자의 만남이 평생의 인연으로 남을 것 같다.

01 재개발 아파트, 재건축 아파트

재개발이란 흔히 '달동네'라고 불리는 저소득층 밀집 지역의 불량주택을 헐고 아파트를 짓는 것이다. 재건축이란 주로 기존 아파트를 헐고 그 대지 위에 더 고층 아파트를 신축하는 것이다. 재건축의 경우 안전 진단을 통해 꼭 재건축이 필요하다는 결과가 나와야 비로소 사업 시행이 가능하다.

02 주택의 분류

① 아파트 : 5층 이상의 주택

② 연립 주택 : 동 당 건축 연면적이 660㎡(200평)를 초과하는 4층 이하의 주택

③ 다세대 주택 : 동 당 건축 연면적이 660㎡(200평) 이하인 4층 이하의 주택

03 청약예금, 청약저축, 청약부금

① 청약예금 : 민영 주택을 분양 또는 임대받을 수 있는 예금으로서 주택은행이 취급하는 목적부 정기예금이다.

② 청약저축 : 주공 아파트 등에 신청할 수 있는 적립식 저축. 대상도 전용 18.1평(공급평형 24평형) 이하 주택이다.

③ 청약부금 : 매월 일정 금액을 적금 식으로 납부하는 예금 제도로 전용 85㎡(25.7평) 이하의 민영 아파트를 신청할 수 있다.

04 민영주택, 국민주택

① 민영주택 : 국민주택 기금 지원을 받지 않는 주택이다. 국민주택 기금은 전용 18.1평 이하의 주택에만 지원된다.

② 국민주택 : 국민주택 기금의 지원을 받아 건설되거나 개량되는 60㎡(전용 18.1평) 이하의 주택이다.

> **TIP**
>
> 전용 면적이 18.1평 이하라도 국민주택 기금을 지원받지 않았다면 민영 주택이다.
> 또 주공이나 시영 아파트라도 규모가 전용 18.1평(공급 평형 24평형)이 넘으면 민영 아파트로 분류된다.

05 건축 면적

건축물(지표면 위 1m 이하의 부분을 제외한다)의 **외벽**(외벽이 없는 경우에는 외곽 부분의 기둥)의 중심선(처마, 차양, 기타 이와 유사한 것으로서 당해 중심선으로부터 수평거리 1m 이상, 돌출 부분이 있는 경우에는 그 끝부분으로부터 1m 후퇴한 선)으로 둘러싸인 부분을 말한다.

06 연면적

건축물 각 층 바닥 면적의 합계 면적을 말하며 연건평이라고도 한다.
건물 1층의 바닥 면적은 건평이라고 한다.

07 건폐율

건축 면적의 대지 면적에 대한 비율이다.

08 용적률

건축물 연면적의 대지 면적에 대한 비율이다.

09 지목

토지의 주된 사용 목적에 따라 토지의 종류를 구분 표시하는 명칭을 말한다.

10 지번

토지에 붙이는 번호를 말한다.

11 필지

하나의 지번이 붙는 토지의 등록 단위를 말한다.

12 환지

토지 구획 정리 사업에 의하여 토지 구획 정리를 실시할 때 필연적으로 발생하는 인정 토지자의 교환 분을 말한다.

13 체비지

토지 구획 정리 사업법의 규정에 의하여 사업 시행자가 사업 구역 내의 토지 소유 또는 관계인에게 동 구역 내의 토지로써 사업비용을 부담하게 할 경우에 그 토지를 체비지라 호칭한다.

14 이행지

현재의 대지(택지)가 아니지만 머지않아 택지화될 것이 확실히 예견되기 때문에 현재 토지의 지목 현황에도 불구하고 택지에 준하여 잠정 평가하는 것이 타당하다고 인정되는 토지를 말한다.

15 나대지

지상에 건축물 등이 없는 대지를 말한다.

16 준 농림지역

국토이용관리법에 의한 국토이용 계획상의 하나의 용도지역. 농업 진흥지역 외의 지역의 농지 및 준 보전임지 등으로서 농림업의 진흥과 산림보전을 위해 이용하되 개발 용도로도 이용할 수 있는 지역을 말한다.

17 준 주거 지역

도시계획법상 주거지역의 세분된 용도 지역 중 하나로 주거 기능을 주로 하되, 상업적 기능의 보완이 필요한 때 지정된다.

18 준 택지(준 대지)

현재는 택지가 아니지만(농지, 임지, 잡종지 등) 머지않아 택지화(대지화)될 것이 확실히 예견되기 때문에 현재 토지의 지목 현황에도 불구하고 택지(대지)에 준하여 감정 평가하는 것이 타당하다고 인정되는 토지를 말한다.

19 준 보전임지

산림법상 산림의 이용 구분에 따른 구분으로 보전임지 이외의 산림을 말한다. 준 보전임지는 임업생산, 농림어민의 소득기반 확대 및 산업 용지의 공급 등의 이용 원칙을 갖는다.

20 주택 환경

주택지로서의 환경, 교통기관, 공공시설, 상점가 등에의 접근 편리성, 지형, 지질, 거주자의 사회적 계층 등 자연적 조건, 인문적 조건에 따라 주택지구로서의 환경의 좋고 나쁨을 판단한다.

21 제한보호구역

군사시설보호법에 의한 군사시설 보호구역의 세분으로 군작전의 원활한 수행을 위해 필요한 지역과 기타 군사시설의 보호 또는 지역주민의 안전이 요구되는 구역을 말한다.

22 절대농지

절대농지란 관청으로부터 농지 이외로의 전용이 허락되지 아니하는 농지를 말하고, 상대농지란 농지 이외로 관청으로부터 허가될 수 있는 농지를 의미한다.

23 지적법

토지를 지적공부에 등록하는 절차와 이에 따르는 지적 측량 및 그 정리에 관한 사항을 규정함으로써 효율적인 토지 관리와 소유권의 보호에 기여함을 목적으로 제정된 법률을 말한다.

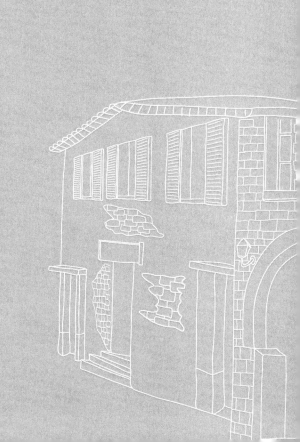

우리의 기억속에서 잊혀져 가는 것들… 2009. 10   刀川기STO
건조장 (고추,담배맡) 흙집
"언젠가 길을 걷다가 보았던 흙집처럼 모두에게 오랫동안 기억될수
있는 따뜻한 마음을 간직하며 살기길 희망합니다.

우리의 기억속에서 잊혀져 가는것들… 2009. 12   刀川기STO
정미소(방앗간) - 벼를 쌀로 만드는 공장
 참새는 방앗간을 늘 찾습니다.   남을 알고있는 모두의 마음의
     방앗간이 되시길 기원합니다.

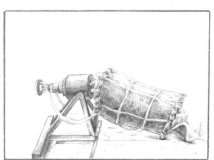

우리의 기억속에서 잊혀져 가는 것들… 2009. 12   刀川기STO
튀밥기계 (뻥튀기)
  "당신이 우리에겐 희망입니다. 축복 입니다."

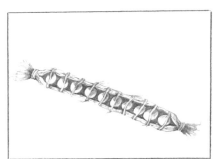

우리의 기억속에서 잊혀져 가는것들…   2009. 11 刀川기STO
  "난 참 행복한 사람입니다.   제란꾸러미 (내음의 격려의 선물)
     당신은 늘 고마운 사람입니다…

우리의 기억속에서 잊혀져가는 것들... 2009.11 기미ㄴㅅㅜㅇ
(회중시계 : 오래전 어른들이 소지
하고다니던 시계)
" 우린 늘 시간이 부족하다고
불평하면서 시간이 무한정 많은 것 처럼 행동합니다."

2009.11 기미ㄴㅅㅜㅇ

" 많은걸 다 몰라도
우리에겐 꼭 지켜야 되는 소중한게 있습니다.
그게 부모의 마음입니다.

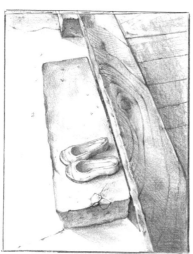

우리의 기억속에서 2009. 9 기미ㄴㅅㅜㅇ
잊혀져 가는것들... (고무신 과 뒷마루)
" 네가 사방 춘서방성 처럼 여겨 가는 너의 앉은 자리가
바로 꽃자리 인 것을..."

우리의 기억속에서 잊혀져가는것들... 기미ㄴㅅㅜㅇ
메주(콩으로 만드는 발효식품) 2009. 10
" 세상사 엔 시간과 기다림이 필요합니다."

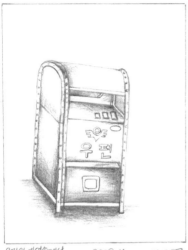

우리의 기억속에서
잊혀져가는 것들…(우체통)   2009.11 기미LXTO

"살다보면 후회되는 일들이 많습니다.
오늘밤 더 늦기 전에 용기내어 용서의 편지를 쓰십시오…

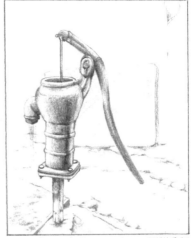

우리의 기억속에서 잊혀져   2009.12 기미LXTO
가는 것들… 펌프(작두)-지하수를 나오게하는 기구
취묵헌(醉墨軒)에 머무는 모든분들…
마르지않는 샘물처럼 늘 복된 날들이 이어지길…

좋은 음악을 듣는 건   2009.11 기미LXTO
즐거운 일입니다. 그보다 더 행복한 건
소중한 사람들과 늘 함께 있는 것 입니다.

우리의 기억속에서   2009.12 기미LXTO
잊혀져가는 것들…(지게)
"가끔은 지는 것도 괜찮습니다.
그것이 인생입니다.

208